RACINE

MITHRIDATE

ILLUSTRÉ

PAR PAUQUET.

PRIX : 25 CENTIMES.

PARIS,

PUBLIÉ PAR GUSTAVE BARBA, LIBRAIRE-EDITEUR,

RUE DE SEINE, 31.

31.

1851

PANTHÉON POPULAIRE ILLUSTRÉ

RACINE

ILLUSTRÉ

PAR PAUQUET.

GUSTAVE BARBA, ÉDITEUR. BEST, HOTELIN ET RÉGNIER, GRAVEURS.

MITHRIDATE,

TRAGÉDIE EN CINQ ACTES.

NOTICE

SUR

MITHRIDATE.

Mithridate VI, surnommé Eupator, né 132 ans avant Jésus-Christ, était appelé à régner sur le royaume de Pont, province de l'Asie-Mineure, située sur la côte méridionale du Pont-Euxin ou mer Noire. Il n'avait que douze ans lorsque son père, Mithridate-Evergète, fut empoisonné à Sinope par quelques seigneurs. Confié à des tuteurs perfides qui cherchèrent mille moyens de s'en défaire sans éclat, le jeune roi ne leur échappa qu'à force d'adresse et de courage. On lui donnait pour monture les chevaux les plus fougueux; il les domptait. On l'envoyait à la poursuite des bêtes fauves; il en triomphait. On l'exposait à des fatigues toujours renaissantes; elles ne servaient qu'à fortifier sa constitution. Suivant l'historien Justin, il passa sept ans entiers dans les forêts, sans jamais approcher des villes. Pour éviter le sort de son père, il s'était habitué insensiblement à prendre des substances vénéneuses à haute dose, et il avait fait une étude spéciale des antidotes. Parvenu à l'âge d'homme, Mithridate fit la guerre aux Scythes et se rendit maître de la côte septentrionale de la mer Noire, jusqu'à la jonction de cette mer avec le Palus-Méotide, appelé aujourd'hui mer d'Azof.

ARBATE. Les Romains sont en foule autour de cette place. (Act. IV, sc. VII.)

Enhardi par le succès, il résolut de chasser les Romains de leurs possessions de l'Asie-Mineure. Il conquit d'abord la Paphlagonie, qu'il partagea avec Nicomède, roi de Bithynie; puis il s'assura la possession de la Cappadoce, en faisant assassiner la famille régnante et en donnant la couronne à un de ses fils âgé de huit ans. Les Romains, qui exerçaient sur tous ces petits Etats une sorte de suzeraineté, se firent rendre compte de ce qui s'était passé et l'annulèrent. Le sénat déclara la Paphlagonie indépendante et enjoignit aux Cappadociens de se choisir un nouveau roi. Ce fut Ariobarzane, qui dès son avénement fut dépossédé par les généraux de Tigrane, roi d'Arménie, à l'instigation du roi de Pont.

Mithridate intervint encore entre Nicomède II et Socrate, qui après la mort de Nicomède Ier, leur père, se disputaient la Bithynie. Il soutint le frère cadet contre l'aîné; mais les Romains vinrent encore détruire son ouvrage et lui défendirent de s'immiscer désormais dans les affaires de la Bithynie ou de la Cappadoce. Mithridate leur répondit en faisant contre eux une coalition de presque tous les peuples de la Haute-Asie. Il réunit sous ses ordres deux cent cinquante mille fantassins, quarante mille cavaliers et cent trente chariots armés de faux. Il mit en mer trois cents vaisseaux pontés et cent autres moins considérables, dont il confia la direction à des pilotes d'Egypte et de Phénicie. Avec ces forces, il conquit successivement la Paphlagonie, la Bithynie, la Phrygie, la Mysie, etc. Partout la haine que les Romains inspiraient faisait accueillir le vainqueur comme un dieu tutélaire. Maître de l'Asie, Mithridate ordonna un massacre général analogue à ceux des Vêpres siciliennes et de la Saint-Barthélemy. Au jour marqué par lui, tous les Romains qui se trouvaient en Asie, hommes, femmes, enfants, affranchis, furent égorgés avec une incroyable fureur, au nombre de plus de cent mille. On les arracha des asiles les plus sacrés, on coupa les mains de ceux qui embrassaient les statues des dieux; on tua les nouveau-nés sur le sein de leurs mères. Les habitants de la petite ville de Cos furent les seuls qui épargnèrent les hommes de race italique et qui leur permirent de se réfugier en paix dans le temple d'Esculape.

Bientôt les Romains furent vengés par Sylla, qui débarqua en Grèce et défit auprès de Chéronée les généraux de Mithridate. Ce roi fut forcé de conclure une paix désavantageuse: elle dura peu; les hostilités recommencèrent, interrompues de temps en temps par des trêves, avec des alternatives de succès et de revers.

L'an 66 avant Jésus-Christ et l'an de Rome 686, Cnéius Pompée, envoyé contre le roi de Pont, le traqua de contrée en contrée. Ce monarque, qui avait fait longtemps trembler les Romains et que les Asiatiques avaient regardé comme un sauveur, se vit abandonné de ses plus fidèles partisans. L'une de ses femmes, Stratonice, dont il avait eu un fils nommé Xipharès, livra aux Romains une citadelle importante. Mithridate punit cette perfidie en tuant sans pitié son propre fils; et ce fut peut-être ce qui détermina un autre de ses enfants, Pharnace, fils de Laodice, à se soulever contre lui. Déjà vaincu par Pompée auprès de la ville de Dastire, Mithridate fut découragé par la défection de ses troupes, et il résolut de se donner la mort. Mais il était tellement habitué à l'usage des poisons, qu'il en prit en vain un des plus violents et qu'il dut avoir recours à son épée. Affaibli par l'âge, il ne s'était fait qu'une légère blessure, lorsqu'il vit entrer dans la forteresse où il s'était réfugié, un officier gaulois nommé Bituitus. « Guerrier, lui dit Mithridate, lorsque tu combattais sous mes ordres tu m'as rendu de grands services; mets-y le comble en m'achevant: préserve-moi par là de la honte de tomber vivant au pouvoir des Romains et d'être mené par eux en triomphe. »

Bituitus obéit, et ses compagnons l'imitèrent en frappant Mithridate de leurs lances et de leurs épées. Il expira à l'âge de soixante-douze ans, environ 64 ans avant Jésus-Christ. Il y avait vingt-six ans qu'il contrebalançait en Orient la puissance romaine.

Monime, dont Racine a fait son héroïne, était une citoyenne de Milet que Mithridate vit pour la première fois à Stratonicée, en Carie. Il en devint amoureux, et chercha à la séduire par un présent de quinze mille pièces d'or; mais elle résista, et, après de longues sollicitations, le roi se décida à l'épouser solennellement. Elle vivait à Nymphée dans un isolement presque absolu, pendant la lutte décisive de son époux avec les Romains. Craignant qu'elle ne tombât entre leurs mains victorieuses, Mithridate chargea un eunuque, nommé Bacchidas, de la tuer avec toutes ses femmes. L'impitoyable despote ne leur laissait que le choix de leur genre de mort. Monime, en apprenant sa sentence, arracha le diadème qui lui ceignait le front, et l'attacha à une solive pour se pendre; mais l'étoffe se déchira. La reine cracha dessus, en disant : « Misérable bandeau, ne pouvais-tu au moins me rendre un déplorable service! » Puis elle tendit la gorge au fer de Bacchidas.

Si l'on compare au texte de Racine ce résumé dont nous empruntons les éléments à Justin, à Plutarque et à Appien, il est facile de voir que le poëte français n'a cherché l'exactitude que dans la peinture du caractère de son principal héros. Quant à la rivalité de Xipharès avec Pharnace, quant aux amours de Monime, quant à la victoire que les soldats de Mithridate mourant remportent sur les Romains, tout cela est dû à l'imagination de l'auteur. L'action dans laquelle se meuvent ses personnages atteste moins son respect pour la vérité historique, que les ressources de son génie dramatique.

Les aventures de Mithridate avaient déjà excité la verve de deux auteurs français. Gautier de Costes, seigneur de la Calprenède, donna en 1635, sur le théâtre de l'hôtel de Bourgogne, la mort de *Mithridate*. La tragédie, jouée le 6 janvier, jour des Rois, alla jusqu'à la fin, mais au milieu des huées et des sifflets. Mithridate saisissait la coupe empoisonnée et la portait à ses lèvres après une longue hésitation, en disant :

Mais c'est trop différer...

une voix, qui s'éleva du parterre, acheva le vers par ces mots : Le roi boit! le roi boit!..... Néanmoins la Calprenède fit imprimer sa pièce, à Paris, chez Antoine de Sommaville, 1637, in-4°, et il la dédia à la reine.

Dès le seizième siècle, en 1597, un jésuite nommé Jean Behourt avait fait représenter à Rouen une tragédie intitulée *Hypsicratée*, ou la *Magnanimité*, dans laquelle il avait ébauché le sujet de Mithridate.

La tragédie de Racine fut jouée le 10 janvier 1673 sur le théâtre de l'hôtel de Bourgogne, et obtint un brillant succès. Corneille, qui avait donné *Pulchérie* au théâtre du Marais, le 25 novembre précédent, fut complétement éclipsé par son rival, et se vit abandonné de tous ses admirateurs. Toutefois Jean Barbier d'Aucourt, avocat au parlement de Paris, essaya de ridiculiser la nouvelle pièce dans un opuscule intitulé *Apollon vendeur de mithridate* et dans quelques autres éditions *Apollon charlatan*.

Le comédien Baron créa le rôle de Mithridate, et l'on s'accorde à dire qu'il le nuançait avec une rare intelligence. Dans les quatre premiers vers qu'il récite à son entrée, il indiquait finement l'amour du héros pour Xipharès, et son antipathie pour Pharnace. Il disait à ce dernier : « Vous le Pont, » avec la froide sévérité d'un juge et la hauteur dédaigneuse d'un maître; puis se tournant vers Xipharès, il ajoutait : « Vous Colchos, » du ton affectueux d'un père affligé d'avoir des reproches à faire à un fils sur la vertu duquel il comptait.

En 1692, Baron fut remplacé par Pierre Trochon, sieur de Beaubourg, acteur excellent, mais d'une laideur presque repoussante. Mademoiselle Lecouvreur jouait le rôle de Monime, et quand elle prononça ces mots : *Seigneur, vous changez de visage!* un spectateur s'écria : Laissez-le faire.

Mithridate était la pièce de prédilection de Charles XII. « Dans ses loisirs de Bender, raconte Voltaire, il prit insensiblement du goût pour la lecture : le baron Fabrice, gentilhomme du duc de Holstein, jeune homme aimable, qui avait dans l'esprit cette gaieté et ce tour aisé qui plaît aux princes, fut celui qui l'engagea à lire. Il était envoyé auprès de lui à Bender pour y ménager les intérêts du jeune duc de Holstein, et il y réussit en se rendant agréable. Il avait lu tous les bons auteurs français. Il fit lire au roi les tragédies de Pierre Corneille, celles de Racine et les ouvrages de Despréaux. Le roi ne prit nul goût aux satires de ce dernier, qui, en effet, ne sont pas ses meilleures pièces; mais il aimait fort ses autres écrits. Quand on lui lut ce trait de la satire VIIIe, où l'auteur traite Alexandre de fou et d'enragé, il déchira le feuillet. De toutes les tragédies françaises *Mithridate* était celle qui lui plaisait davantage, parce que la situation de ce roi vaincu et respirant la vengeance était conforme à la sienne. Il montrait avec le doigt à M. Fabrice les endroits qui le frappaient; mais il n'en voulait lire aucun tout haut, ni hasarder jamais un mot en français. »

Voltaire a fait une bizarre comparaison entre *Mithridate* et l'*Avare* de Molière :

« Harpagon et le roi de Pont sont deux vieillards amoureux, l'un et l'autre ont leur fils pour rival, l'un et l'autre se servent du même artifice pour découvrir l'intelligence qui est entre leur fils et leur maîtresse, et les deux pièces finissent par le mariage du jeune homme. Molière et Racine ont également réussi en traitant ces deux intrigues. L'un a amusé, a réjoui, a fait rire les honnêtes gens; l'autre a attendri, a effrayé, a fait verser des larmes. Molière a joué l'amour ridicule d'un vieil avare : Racine a représenté les faiblesses d'un grand roi, et les a rendues respectables. »

De toutes les dissertations faites sur *Mithridate*, celle de La Harpe est la plus complète. Aussi la choisirons-nous pour l'offrir à nos lecteurs.

« Il paraît que dans *Mithridate* Racine se proposa de lutter de plus près contre Corneille, en mettant, comme lui, sur la scène un de ces grands caractères de l'antiquité, d'autant plus difficile à bien peindre, que l'histoire en a donné une plus haute idée. Il avait fait voir dans Acomat tout ce qu'il pouvait mettre de force dans un personnage d'imagination : il fit voir dans *Mithridate* avec quelle énergie et quelle fidélité il savait saisir tous les traits de ressemblance d'un modèle historique. On retrouve chez lui Mithridate tout entier, son implacable haine pour les Romains, sa fermeté et ses ressources dans le malheur, son audace infatigable, sa dissimulation profonde et cruelle, ses soupçons, ses jalousies, ses défiances, qui l'alarmèrent si souvent contre ses proches, ses enfants, ses maîtresses. Il n'y a pas jusqu'à son amour pour Monime qui ne soit conforme, dans tous les détails, à ce que les historiens nous ont appris. Les mêmes juges qui louaient Corneille si mal à propos d'avoir rendu l'amour héroïque dans toutes ses pièces, n'ont pas voulu faire grâce à celui de Mithridate; ils l'ont regardé comme avilissant pour un héros, tant l'injustice et l'inconséquence semblent attachées à la plupart des jugements que l'on a portés sur ces deux poëtes. Il n'en est pas moins vrai que Racine, en peignant la passion tyrannique et jalouse du roi de Pont pour Monime, a conservé un des traits caractéristiques sous lesquels les anciens nous ont représenté Mithridate. On sait que plus d'une fois, au moment d'un danger ou d'une défaite, il fit périr celles de ses femmes qu'il aimait le plus, de peur qu'elles ne tombassent au pouvoir du vainqueur. C'est à ces ordres sanguinaires, à cette jalousie féroce qu'on a reconnu dans tous les temps ce qu'est l'amour dans le cœur des despotes asiatiques. Celui de Mithridate non-seulement a le mérite d'être conforme aux mœurs et à l'histoire, il est encore tel que l'auteur de l'*Art poétique* désire qu'il soit dans une tragédie :

> Et que l'amour, souvent de remords combattu,
> Paraisse une faiblesse, et non une vertu.

» Avec quelle force Mithridate se reproche le penchant malheureux qui l'entraîne vers Monime à l'instant où sa défaite le force de chercher un asile dans une de ses forteresses du Bosphore! Et combien de circonstances se réunissent pour rendre excusable cette passion qui, par elle-même, n'est pas faite pour son âge! C'est dans le temps de ses prospérités qu'il a envoyé le bandeau royal à Monime; et, depuis ce temps, la guerre l'a toujours éloigné d'elle. Il était alors glorieux et triomphant; il est malheureux et vaincu.

> Ses ans se sont accrus, ses honneurs sont détruits.

» C'est dans un semblable moment qu'il est cruel de perdre ce qu'on aimait, parce qu'alors cette perte semble une insulte faite au malheur, et la dernière injure de la fortune, qui devient plus sensible après toutes les autres. On est porté à excuser, à plaindre un roi fugitif, occupé de vengeance et de haine, et allant, malgré lui, demander des consolations à l'amour qui met le comble à tous ses maux. C'est sous ce point de vue que le poëte a eu l'art de nous montrer Mithridate. Quand ce prince s'aperçoit avec quelle triste résignation Monime se prépare à le suivre à l'autel, cette âme altière et aigrie se révolte à la seule idée de ce qui peut ressembler au mépris.

> Ainsi, prête à subir un joug qui vous opprime,
> Vous n'allez à l'autel que comme une victime :
> Et moi, tyran d'un cœur qui se refuse au mien,
> Même en vous possédant je ne vous devrai rien!...

» On a fait à Mithridate le même reproche qu'à Néron, de se servir contre Monime d'un moyen aussi peu fait pour la tragédie que celui dont se sert Néron contre Junie. Je réponds à la même objection par la même apologie : la scène est tragique, puisqu'elle produit de la terreur. Il y a même ici une raison de plus, prise dans la dissimulation habituelle qui était une des qualités particulières à Mithridate. Il soutient cette même dissimulation lorsqu'il redouble de caresses pour Xipharès à l'instant où il médite de s'en venger; et le poëte a soin de faire dire à Xipharès qu'il reconnaît Mithridate à ses artifices ordinaires, et qu'il est perdu puisque son père dissimule avec lui.

» Reconnaissons avec Voltaire, ce juge si sévère et si éclairé des convenances théâtrales, que si la tragédie et la comédie ne peuvent jamais se ressembler par le ton et les effets elles peuvent se rapprocher quelquefois par les moyens de l'intrigue.

» Nous avons vu que le caractère altier, sombre et artificieux de Mithridate était conservé jusque dans son amour, et que sa fermeté dans le malheur et le sentiment de sa grandeur passée empêchaient qu'il ne fût avili devant Monime. C'est avec la même vérité et avec plus de force encore que l'auteur a su peindre cette haine furieuse qui pendant quarante ans avait armé le roi de Pont contre les Romains. Jamais le pinceau de Racine ne parut plus mâle et plus fier, et ce rôle est celui où il se rapproche le plus de la vigueur de Corneille, surtout dans la scène fameuse où il expose à ses deux fils son projet de porter la guerre dans l'Italie. Ce n'est pas une invention du poëte : ce projet audacieux est attesté par plusieurs écrivains et détaillé dans Appien, qui trace même la route que devait tenir Mithridate. Si la trahison de Pharnace et la fortune de Pompée n'eussent pas accablé ce formidable ennemi de Rome au moment où il méditait ce grand dessein, son courage et sa renommée pouvaient lui fournir assez de ressources pour l'exécuter et personne n'était plus capable de faire voir à l'Italie un autre Annibal. Cette scène a encore un autre mérite : en montrant le héros dans toute son élévation, elle montre aussi sa jalousie artificieuse, puisqu'elle a pour objet de pénétrer ce qui se passe dans le cœur de Pharnace, et d'en arracher l'aveu de ses projets sur Monime. Cette situation met dans tout son jour le contraste des deux jeunes princes, qui soutiennent également leur caractère. Le perfide Pharnace, comptant sur l'appui des Romains, qu'il attend, refuse formellement d'aller épouser la fille du roi des Parthes; et le vertueux Xipharès, tout entier à son devoir et à son père, ne connaît d'autres intérêts que ceux de la nature et de la gloire, et saisit avec l'enthousiasme d'un jeune guerrier le dessein d'aller combattre les Romains dans l'Italie. Cette scène me paraît, sous tous les rapports, une des plus belles que Racine ait conçues, et le discours de Mithridate est dans notre langue un des modèles les plus achevés du style sublime.

> Je fuis, ainsi le veut la fortune ennemie.
> Mais vous savez trop bien l'histoire de ma vie
> Pour croire que, longtemps soigneux de me cacher,
> J'attende en ces déserts qu'on me vienne chercher....
> Détruisons ses honneurs, et faisons disparaître
> La honte de cent rois, et la mienne peut-être!

» *Et la mienne peut-être!* Ce dernier trait est profond. Il sort d'un cœur ulcéré, et produit d'autant plus d'effet qu'il est jeté là comme en passant. Mithridate sent trop vivement sa honte pour s'y arrêter, ce n'est qu'un mot qui lui échappe; mais ce mot réveille une foule de sentiments et d'idées : il est sublime. Dans tout le reste, la magnificence du style, la pompe des images est égale à l'élévation des pensées. Racine sait se proportionner à tous ses sujets. Nous n'avons point encore vu sa diction s'élever si haut ni prendre ce caractère. Ce n'est ni le charme de *Bérénice*, ni la sévérité de *Britannicus*, ni le style impétueux et passionné d'Hermione et de Roxane. Racine est grand, parce qu'il fait parler un grand homme méditant de grands desseins : il s'agit de Mithridate et de Rome; il est au niveau de tous les deux.

» Il se présente cependant ici quelques remarques à faire. Je ne reprocherai point à l'auteur la rime de *fiers* et de *foyers* : rien n'était plus facile que de mettre ces *conquérants altiers*. Mais l'exemple de Racine et de Boileau, les deux meilleurs versificateurs français, prouve qu'alors il était de principe qu'une rime exacte pour les yeux était suffisante. Voltaire, qui d'ailleurs rime bien moins richement que ces deux poëtes, est pourtant celui qui a insisté le premier sur la nécessité de rimer principalement pour l'oreille. Il a eu raison; c'est une obligation que nous lui avons, et qu'auraient dû reconnaître ceux qui lui ont reproché avec justice de rimer trop négligemment.

» Lorsque Mithridate dit ces deux vers :

> Doutez-vous que l'Euxin ne me porte en deux jours
> Aux lieux où le Danube y vient finir son cours?

on rapporte qu'un vieux militaire qui avait fait la guerre dans ces contrées dit assez haut : *Oui, assurément, j'en doute.* Il n'avait pas tort. Aujourd'hui même que la navigation est tout autrement perfectionnée qu'elle ne l'était alors il serait de toute impossibilité d'aller en deux jours du détroit de Caffa, qui est l'ancien Bosphore Cimmérien, à l'embouchure du Danube, qui est à l'autre extrémité de la mer Noire. C'est un trajet de près de deux cents lieues d'une navigation difficile. Il faut croire que si l'auteur n'a pas corrigé cette faute, c'est que, du moment où il se dégoûta du théâtre, il ne voulut plus entendre parler de ses tragédies ni se mêler d'aucune des éditions qu'on en fit.

» La mort de Mithridate achève dignement la peinture de son caractère :

> Dans leur sang odieux j'ai pu tremper mes mains,
> Et mes derniers regards ont vu fuir les Romains.

» Le rôle de Monime présente un autre genre de perfection. Elle respire cette modestie noble, cette retenue, cette décence que l'éducation inspirait aux filles grecques, et qui ajoutent un intérêt particulier à l'expression de son amour pour Xipharès. Ses sentiments et ses malheurs sont fidèlement tracés d'après Plutarque, qui la représente comme la plus fidèle et la plus vertueuse de toutes les femmes de Mithridate et comme celle qui lui fut la plus chère. Le poëte a su accorder son penchant pour Xipharès avec cette réputation de sagesse et de sévérité que l'histoire lui a faite. Destinée à Mithridate par ses parents, et s'immolant à son devoir, elle est depuis longtemps la victime du penchant secret qui la consume; et ce n'est qu'au moment où l'on croit Mithridate mort, et où les prétentions de Pharnace lui rendent nécessaire l'appui de Xipharès, qu'elle laisse entrevoir à ce prince la préférence qu'elle lui donne. Mais dès qu'elle est assurée que le roi est vivant, elle impose à son amant, comme à elle-même, la loi d'une séparation éternelle.

> Car quel que soit vers vous le penchant qui m'attire,
> Je vous le dis, seigneur, pour ne plus vous le dire :
> Ma gloire me rappelle et m'entraîne à l'autel,
> Où je vais vous jurer un silence éternel.

Que de sentiment et d'intérêt dans cette expression si neuve : *vous jurer un silence éternel! Jurer un amour éternel;* voilà ce que tout le monde peut dire : mais *jurer un silence*, et *un silence éternel;* mais le jurer à son amant, il n'y a que Racine qui l'ait dit. Et combien d'idées délicates sous-entendues dans cette expression! Dans le fait, ce n'est pas à lui qu'elle le jurera : il ne sera pas à l'autel; elle ne prononcera point ce serment : c'est à son cœur, c'est à son devoir, c'est à son époux qu'elle doit l'adresser. Mais telle est l'involontaire illusion de l'amour, que, sans y penser, il adresse tout à l'objet aimé, même les sacrifices qui lui sont contraires. Il m'arrive rarement de m'arrêter sur les beautés de la versification de Racine. Il y aurait trop à faire; mais je ne puis m'empêcher de remarquer de temps en temps quelques-unes de ces expressions si singulièrement heureuses, et qui supposent encore un autre mérite que celui de la diction poétique : ce sont celles qui tiennent à ce sentiment exquis dont Racine était doué, expressions qu'il place toujours si naturellement.

» Corneille avait eu le premier l'idée de ces combats de la vertu contre l'amour. Ils sont le fond du rôle de Pauline : il y a même des endroits où elle dit à peu près les mêmes choses que vient de dire Monime. Il n'est pas inutile de comparer ces deux morceaux.

> Hélas! cette vertu, quoique *enfin* invincible,
> Ne laisse que *trop* voir une âme *trop* sensible.
> Ces pleurs en sont témoins, et ces *lâches* soupirs
> Qu'arrachent de nos feux les cruels souvenirs;
> Trop *rigoureux* effets d'une *aimable* présence,
> Contre qui mon devoir a trop peu de défense!
> Mais si vous estimez ce généreux *devoir*,
> Conservez-m'en la *gloire* et cessez de me *voir*.
> Epargnez-moi des pleurs qui coulent à ma honte;
> *Epargnez-moi des feux* qu'à regret je surmonte.
> Enfin épargnez-moi ces tristes entretiens,
> Qui ne font qu'irriter vos tourments et les miens.

» C'est le même fond de pensées que dans Monime : mais sans vouloir détailler toutes les fautes de versification, quelle prodigieuse différence et à quoi tient-elle principalement? A ce que l'esprit de Corneille a fort bien aperçu ce qu'il fallait dire, et que le cœur de Racine l'a senti. Je n'ai point établi ce parallèle pour rabaisser l'un au-dessous de l'autre; chacun d'eux a des mérites différents. J'ai voulu faire voir que Racine n'avait appris de personne à parler le langage du cœur.

» Personne aussi ne savait mieux que lui combien une femme occupée d'un sentiment profond, est capable d'allier la tendresse la plus délicate avec la plus inébranlable fermeté. Quand Mithridate, après avoir réussi, à force d'artifices, à faire avouer à Monime son amour pour Xipharès, veut, malgré cet aveu, la conduire à l'autel, sa réponse est d'une âme aussi élevée qu'auparavant elle s'était montrée sensible.

» On ne sait s'il y a dans cette réponse plus d'art et de modération que de noblesse et de bienséance, *Je faisais le bonheur d'un héros tel que vous*. Peut-on mieux ménager l'amour-propre d'un roi malheureux et d'un vieillard jaloux? Et comme le refus d'épouser un homme qui *l'a fait rougir* est conforme à cette juste fierté si naturelle à un sexe dont elle est la défense! Personne n'a su mieux que Racine faire parler les femmes comme il leur convient de parler.

» Ce rôle me paraît, dans son genre, un véritable chef-d'œuvre : il y en a sans doute d'un plus vif intérêt et d'un effet plus entraînant, il y a des passions plus fortes et des situations plus déchirantes; mais je ne connais point de caractère plus parfaitement nuancé. Le soin qu'a eu le poëte de supposer que Monime et Xipharès s'aimaient avant que le roi de Pont eût pensé à la mettre au rang de ses épouses, écarte de ces deux amants jusqu'à l'ombre du reproche. La marche de la pièce est graduée avec art, par les alternatives d'espérance et de crainte que fait naître d'abord la fausse nouvelle de la mort de Mithridate, ensuite l'offre simulée d'unir Monime à Xipharès; enfin le péril des deux amants, dont l'un est menacé de la vengeance de son père, et l'autre est prête à boire le poison que son époux lui envoie. Le dénoûment est régulier et agréable au spectateur : Mithridate meurt en héros, et rend justice, en mourant, à son fils et à Monime. Tous deux sont unis. Et à l'égard de Pharnace, si sa punition est différée on sait qu'elle est sûre; et l'auteur s'est fié avec raison à la connaissance que tout le monde a de cette histoire, lorsqu'il a fait dire à Mithridate :

Tôt ou tard il faudra que Pharnace périsse,
Fiez-vous aux Romains du soin de son supplice. »

ÉMILE DE LA BÉDOLLIÈRE.

PRÉFACE.

Il n'y a guère de nom plus connu que celui de Mithridate : sa vie et sa mort font une partie considérable de l'histoire romaine; et, sans compter les victoires qu'il a remportées, on peut dire que ses seules défaites ont fait presque toute la gloire de trois des plus grands capitaines de la république, c'est à savoir, de Sylla, de Lucullus et de Pompée. Ainsi je ne pense pas qu'il soit besoin de citer ici mes auteurs : car, excepté quelques événements que j'ai un peu rapprochés par le droit que donne la poésie, tout le monde reconnaîtra aisément que j'ai suivi l'histoire avec beaucoup de fidélité. En effet, il n'y a guère d'actions éclatantes dans la vie de Mithridate qui n'aient trouvé place dans ma tragédie. J'y ai inséré tout ce qui pouvait mettre en jour les mœurs et les sentiments de ce prince, je veux dire sa haine violente contre les Romains, son grand courage, sa finesse, sa dissimulation, et enfin cette jalousie qui lui était si naturelle, et qui a tant de fois coûté la vie à ses maîtresses.

La seule chose qui pourrait n'être pas aussi connue que le reste, c'est le dessein que je lui fais prendre de passer dans l'Italie. Comme ce dessein m'a fourni une des scènes qui ont le plus réussi dans ma tragédie, je crois que le plaisir du lecteur pourra redoubler quand il verra que presque tous les historiens ont dit ce que je fais dire à Mithridate.

Florus, Plutarque et Dion Cassius nomment les pays par où il devait passer. Appien d'Alexandrie entre plus dans le détail; et après avoir marqué les facilités et les secours que Mithridate espérait trouver dans sa marche, il ajoute que ce projet fut le prétexte dont Pharnace se servit pour faire révolter toute l'armée, et que les soldats effrayés de l'entreprise de son père, la regardèrent comme le désespoir d'un prince qui ne cherchait qu'à périr avec éclat. Ainsi elle fut en partie cause de sa mort, qui est l'action de ma tragédie.

J'ai encore lié ce dessein de plus près à mon sujet; je m'en suis servi pour faire connaître à Mithridate les secrets sentiments de ses deux fils. On ne peut prendre trop de précaution pour ne rien mettre sur le théâtre qui ne soit très-nécessaire; et les plus belles scènes sont en danger d'ennuyer, du moment qu'on peut les séparer de l'action, et qu'elles l'interrompent au lieu de la conduire vers sa fin.

Voici la réflexion que fait Dion Cassius sur ce dessein de Mithridate. Cet homme, dit-il, était véritablement né pour entreprendre de grandes choses. Comme il avait souvent éprouvé la bonne et la mauvaise fortune, il ne croyait rien au-dessus de ses espérances et de son audace, et mesurait ses desseins bien plus à la grandeur de son courage qu'au mauvais état de ses affaires; bien résolu, si son entreprise ne réussissait point, de faire une fin digne d'un grand roi, et de s'ensevelir lui-même sous les ruines de son empire, plutôt que de vivre dans l'obscurité et dans la bassesse.

J'ai choisi Monime entre les femmes que Mithridate a aimées. Il paraît que c'est celle de toutes qui a été la plus vertueuse, et qu'il a aimée le plus tendrement. Plutarque semble avoir pris plaisir à décrire le malheur et les sentiments de cette princesse. C'est lui qui m'a donné l'idée de Monime; et c'est en partie sur la peinture qu'il en a faite que j'ai fondé un caractère que je puis dire qui n'a point déplu. Le lecteur trouvera bon que je rapporte ses paroles telles qu'Amyot les a traduites; car elles ont une grâce dans le vieux style de ce traducteur, que je ne crois point pouvoir égaler dans notre langue moderne.

« Cette-ci estoit fort renommée entre les Grecs, pour ce que quelques sollicitations que lui sceust faire le roi en estant amoureux, jamais ne voulut entendre à toutes ses poursuites jusqu'à ce qu'il y eust accord de mariage passé entre eux, et qu'il lui eust envoyé le diadème ou bandeau royal, et appelée royne. La pauvre dame, depuis que ce roi l'eut espousée, avoit vécu en grande desplaisance, ne faisant continuellement autre chose que de plorer la malheureuse beauté de son corps, laquelle, au lieu de lui donner un mari, lui avoit donné un maistre, et, au lieu de compaignie conjugale, et que doibt avoir une dame d'honneur, lui avoit baillé une garde et garnison d'hommes barbares qui la tenoient comme prisonnière loin du doulx pays de la Grèce, en lieu où elle n'avoit qu'un songe et une ombre de biens; et au contraire avoit réellement perdu les véritables, dont elle jouissoit au pays de sa naissance. Et quand l'eunuque fut arrivé devers elle, et lui eut faict commandement de par le roi qu'elle eust à mourir, adonc elle s'arracha d'alentour de la teste son bandeau royal, et se le nouant alentour du col, s'en pendit. Mais le bandeau ne fut pas assez fort, et se rompit incontinent. Et lors elle se prit à dire : *O maudit et malheureux tissu, ne me serviras-tu point au moins à ce triste service?* En disant ces paroles, elle le jeta contre terre, crachant dessus, et tendit la gorge à l'eunuque. »

Xipharès était fils de Mithridate et d'une de ses femmes qui se nommait Stratonice. Elle livra aux Romains une place de grande importance, où étaient les trésors de Mithridate, pour mettre son fils Xipharès dans les bonnes grâces de Pompée. Il y a des historiens qui prétendent que Mithridate fit mourir ce jeune prince pour se venger de la perfidie de sa mère.

Je ne dis rien de Pharnace; car qui ne sait pas que ce fut lui qui souleva contre Mithridate ce qui lui restait de troupes, et qui força ce prince à se vouloir empoisonner, et à se passer son épée au travers du corps, pour ne pas tomber entre les mains de ses ennemis? C'est ce même Pharnace qui fut vaincu depuis par Jules César, et qui fut tué ensuite dans une autre bataille.

MITHRIDATE.

PERSONNAGES.

MITRHIDATE, roi de Pont et de quantité d'autres royaumes.
MONIME, accordée avec Mithridate et déjà déclarée reine.
PHARNACE, XIPHARÈS, fils de Mithridate, mais de différentes mères.
ARBATE, confident de Mithridate et gouverneur de la place de Nymphée.
PHOEDIME, confidente de Monime.
ARCAS, domestique de Mithridate.
GARDES.

La scène est à Nymphée, port de mer sur le Bosphore Cimmérien, dans la Chersonèse Taurique.

ACTE PREMIER.

SCÈNE I.

XIPHARÈS, ARBATE.

XIPHARÈS. On nous faisait, Arbate, un fidèle rapport :
Rome en effet triomphe, et Mithridate est mort.
Les Romains vers l'Euphrate ont attaqué mon père,
Et trompé dans la nuit sa prudence ordinaire.
Après un long combat, tout son camp dispersé,
Dans la foule des morts, en fuyant, l'a laissé;

Et j'ai su qu'un soldat dans les mains de Pompée
Avec son diadème a remis son épée.
Ainsi ce roi, qui seul a durant quarante ans
Lassé tout ce que Rome eut de chefs importants,
Et qui, dans l'Orient balançant la fortune,
Vengeait de tous les rois la querelle commune,
Meurt, et laisse après lui, pour venger son trépas,
Deux fils infortunés qui ne s'accordent pas.
ARBATE. Vous, seigneur? Quoi! l'ardeur de régner en sa place
Rend déjà Xipharès ennemi de Pharnace?
XIPHARÈS. Non, je ne prétends point, cher Arbate, à ce prix,
D'un malheureux empire acheter le débris.
Je sais en lui des ans respecter l'avantage;
Et, content des États marqués pour mon partage,
Je verrai sans regret tomber entre ses mains
Tout ce que lui promet l'amitié des Romains.
ARBATE. L'amitié des Romains! le fils de Mithridate,
Seigneur! Est-il bien vrai?
XIPHARÈS. N'en doute point, Arbate.
Pharnace, dès longtemps tout Romain dans le cœur,
Attend tout maintenant de Rome et du vainqueur:
Et moi, plus que jamais à mon père fidèle,
Je conserve aux Romains une haine immortelle.
Cependant et ma haine et ses prétentions
Sont les moindres sujets de nos divisions.
ARBATE. Et quel autre intérêt contre lui vous anime?
XIPHARÈS. Je m'en vais t'étonner. Cette belle Monime
Qui du roi notre père attira tous les vœux,
Dont Pharnace, après lui, se déclare amoureux...
ARBATE. Hé bien, seigneur?
XIPHARÈS. Je l'aime; et ne veux plus m'en taire,
Puisqu'enfin pour rival je n'ai plus que mon frère.
Tu ne t'attendais pas, sans doute, à ce discours:
Mais ce n'est point, Arbate, un secret de deux jours;
Cet amour s'est longtemps accru dans le silence.
Que n'en puis-je à tes yeux marquer la violence,
Et mes premiers soupirs, et mes derniers ennuis!
Mais, en l'état funeste où nous sommes réduits,
Ce n'est guère le temps d'occuper ma mémoire
A rappeler le cours d'une amoureuse histoire.
Qu'il te suffise donc, pour me justifier,
Que je vis, que j'aimai la reine le premier;
Que mon père ignorait jusqu'au nom de Monime
Quand je conçus pour elle un amour légitime.
Il la vit: mais, au lieu d'offrir à ses beautés
Un hymen et des vœux dignes d'être écoutés,
Il crut que, sans prétendre une plus haute gloire,
Elle lui cèderait une indigne victoire.
Tu sais par quels efforts il tenta sa vertu;
Et que, lassé d'avoir vainement combattu,
Absent, mais toujours plein de son amour extrême,
Il lui fit par tes mains porter son diadème.
Juge de mes douleurs, quand des bruits trop certains
M'annoncèrent du roi l'amour et les desseins;
Quand je sus qu'à son lit Monime réservée
Avait pris avec toi le chemin de Nymphée.
Hélas! ce fut encor dans ce temps odieux
Qu'aux offres des Romains ma mère ouvrit les yeux.
Ou pour venger sa foi par cet hymen trompée,
Ou ménageant pour moi la faveur de Pompée,
Elle trahit mon père, et rendit aux Romains
La place et les trésors confiés en ses mains.
Quel devins-je au récit du crime de ma mère!
Je ne regardai plus mon rival dans mon père,
J'oubliai mon amour par le sien traversé:
Je n'eus devant les yeux que mon père offensé.
J'attaquai les Romains; et ma mère éperdue
Me vit, en reprenant cette place rendue,
A mille coups mortels contre eux me dévouer,
Et chercher, en mourant, à la désavouer.
L'Euxin, depuis ce temps, fut libre et l'est encore;
Et des rives de Pont aux rives du Bosphore
Tout reconnut mon père: et ses heureux vaisseaux
N'eurent plus d'ennemis que les vents et les eaux.
Je voulais faire plus: je prétendais, Arbate,
Moi-même à son secours m'avancer vers l'Euphrate.
Je fus soudain frappé du bruit de son trépas.
Au milieu de mes pleurs, je ne le cèle pas,
Monime, qu'en tes mains mon père avait laissée,
Avec tous ses attraits revint en ma pensée.
Que dis-je? en ce malheur je tremblai pour ses jours:
Je redoutai du roi les cruelles amours:
Tu sais combien de fois ses jalouses tendresses
Ont pris soin d'assurer la mort de ses maîtresses.
Je volai vers Nymphée; et mes tristes regards
Rencontrèrent Pharnace au pied de ses remparts.
J'en conçus, je l'avoue, un présage funeste.
Tu nous reçus tous deux, et tu sais tout le reste.
Pharnace, en ses desseins toujours impétueux,
Ne dissimula point ses vœux présomptueux:
De mon père à la reine il conta la disgrâce,
L'assura de sa mort, et s'offrit en sa place.
Comme il le dit, Arbate, il veut l'exécuter.
Mais enfin, à mon tour, je prétends éclater.
Autant que mon amour respecta la puissance
D'un père à qui je fus dévoué dès l'enfance,
Autant ce même amour, maintenant révolté,
De ce nouveau rival brave l'autorité.
Ou Monime, à ma flamme elle-même contraire,
Condamnera l'aveu que je prétends lui faire,
Ou bien, quelque malheur qu'il en puisse avenir,
Ce n'est que par ma mort qu'on la peut obtenir.
Voilà tous les secrets que je voulais t'apprendre.
C'est à toi de choisir quel parti tu dois prendre;
Qui des deux te paraît plus digne de ta foi,
L'esclave des Romains, ou le fils de ton roi.
Fier de leur amitié, Pharnace croit peut-être
Commander dans Nymphée et me parler en maître.
Mais ici mon pouvoir ne connaît point le sien:
Le Pont est son partage, et Colchos est le mien;
Et l'on sait que toujours la Colchide et ses princes
Ont compté ce Bosphore au rang de leurs provinces.
ARBATE. Commandez-moi, seigneur. Si j'ai quelque pouvoir,
Mon choix est déjà fait, je ferai mon devoir:
Avec le même zèle, avec la même audace,
Que je servais le père, et gardais cette place
Et contre votre frère et même contre vous,
Après la mort du roi je vous sers contre tous.
Sans vous ne sais-je pas que ma mort assurée
De Pharnace en ces lieux allait suivre l'entrée?
Sais-je pas que mon sang, par ses mains répandu,
Eût souillé ce rempart contre lui défendu?
Assurez-vous du cœur et du choix de la reine:
Du reste, ou mon crédit n'est plus qu'une ombre vaine,
Ou Pharnace, laissant le Bosphore en vos mains,
Ira jouir ailleurs des bontés des Romains.
XIPHARÈS. Que ne devrai-je point à cette ardeur extrême!
Mais on vient. Cours, ami. C'est Monime elle-même.

SCÈNE II.

MONIME, XIPHARÈS.

MONIME. Seigneur, je viens à vous: car enfin, aujourd'hui,
Si vous m'abandonnez, quel sera mon appui?
Sans parents, sans amis, désolée et craintive,
Reine longtemps de nom, mais en effet captive,
Et veuve maintenant sans avoir eu d'époux,
Seigneur, de mes malheurs ce sont là les plus doux.
Je tremble à vous nommer l'ennemi qui m'opprime:
J'espère toutefois qu'un cœur si magnanime
Ne sacrifiera point les pleurs des malheureux
Aux intérêts du sang qui vous unit tous deux.
Vous devez à ces mots reconnaître Pharnace.
C'est lui, seigneur, c'est lui dont la coupable audace
Veut, la force à la main, m'attacher à son sort
Par un hymen pour moi plus cruel que la mort.
Sous quel astre ennemi faut-il que je sois née!
Au joug d'un autre hymen sans amour destinée,
A peine je suis libre et goûte quelque paix,
Qu'il faut que je me livre à tout ce que je hais.
Peut-être je devrais, plus humble en ma misère,
Me souvenir du moins que je parle à son frère:
Mais, soit raison, destin, soit que ma haine en lui
Confonde les Romains dont il cherche l'appui,
Jamais hymen formé sous le plus noir auspice
De l'hymen que je crains n'égala le supplice.
Et si Monime en pleurs ne vous peut émouvoir,
Si je n'ai plus pour moi que mon seul désespoir,
Au pied du même autel où je suis attendue,
Seigneur, vous me verrez à moi-même rendue,
Percer ce triste cœur qu'on veut tyranniser,
Et dont jamais encor je n'ai pu disposer.
XIPHARÈS. Madame, assurez-vous de mon obéissance;
Vous avez dans ces lieux une entière puissance:
Pharnace ira, s'il veut, se faire craindre ailleurs.
Mais vous ne savez pas encor tous vos malheurs.
MONIME. Hé! quel nouveau malheur peut affliger Monime,
Seigneur?
XIPHARÈS. Si vous aimer c'est faire un si grand crime,
Pharnace n'en est pas seul coupable aujourd'hui;
Et je suis mille fois plus criminel que lui.

MONIME. Vous!

XIPHARÈS. Mettez ce malheur au rang des plus funestes;
Attestez, s'il le faut, les puissances célestes
Contre un sang malheureux, né pour vous tourmenter,
Père, enfants, animés à vous persécuter:
Mais, avec quelque ennui que vous puissiez apprendre
Cet amour criminel qui vient de vous surprendre,
Jamais tous vos malheurs ne sauraient approcher
Des maux que j'ai soufferts en le voulant cacher.
Ne croyez point pourtant que, semblable à Pharnace,
Je vous serve aujourd'hui pour me mettre en sa place:
Vous voulez être à vous, j'en ai donné ma foi,
Et vous ne dépendrez ni de lui ni de moi.
Mais, quand je vous aurai pleinement satisfaite,
En quels lieux avez-vous choisi votre retraite?
Sera-ce loin, madame, ou près de mes Etats?
Me sera-t-il permis d'y conduire vos pas?
Verrez-vous d'un même œil le crime et l'innocence?
En fuyant mon rival, fuirez-vous ma présence?
Pour prix d'avoir si bien secondé vos souhaits,
Faudra-t-il me résoudre à ne vous voir jamais?

MONIME. Ah! que m'apprenez-vous!

XIPHARÈS. Hé quoi! belle Monime,
Si le temps peut donner quelque droit légitime,
Faut-il vous dire ici que le premier de tous
Je vous vis, je formai le dessein d'être à vous,
Quand vos charmes naissants, inconnus à mon père,
N'avaient encor paru qu'aux yeux de votre mère?
Ah! si, par mon devoir forcé de vous quitter,
Tout mon amour alors ne put pas éclater,
Ne vous souvient-il plus, sans compter tout le reste,
Combien je me plaignis de ce devoir funeste?
Ne vous souvient-il plus, en quittant vos beaux yeux,
Quelle vive douleur attendrit mes adieux?
Je m'en souviens tout seul: avouez-le, madame,
Je vous rappelle un songe effacé de votre âme.
Tandis que, loin de vous, sans espoir de retour,
Je nourrissais encore un malheureux amour,
Contente, et résolue à l'hymen de mon père,
Tous les malheurs du fils ne vous affligeaient guère.

MONIME. Hélas!

XIPHARÈS. Avez-vous plaint un moment mes ennuis?

MONIME. Prince... n'abusez point de l'état où je suis.

XIPHARÈS. En abuser, ô ciel! quand je cours vous défendre,
Sans vous demander rien, sans oser rien prétendre;
Que vous dirai-je enfin? lorsque je vous promets
De vous mettre en état de ne me voir jamais!

MONIME. C'est me promettre plus que vous ne sauriez faire.

XIPHARÈS. Quoi! malgré mes serments, vous croyez le contraire?
Vous croyez qu'abusant de mon autorité
Je prétends attenter à votre liberté?
On vient, madame, on vient: expliquez-vous, de grâce:
Un mot.

MONIME. Défendez-moi des fureurs de Pharnace:
Pour me faire, seigneur, consentir à vous voir,
Vous n'aurez pas besoin d'un injuste pouvoir.

XIPHARÈS. Ah madame!

MONIME. Seigneur, vous voyez votre frère.

SCÈNE III.

MONIME, PHARNACE, XIPHARÈS.

PHARNACE. Jusques à quand, madame, attendrez-vous mon père?
Des témoins de sa mort viennent à tous moments
Condamner votre doute et vos retardements.
Venez, fuyez l'aspect de ce climat sauvage,
Qui ne parle à vos yeux que d'un triste esclavage.
Un peuple obéissant vous attend à genoux
Sous un ciel plus heureux et plus digne de vous:
Le Pont vous reconnaît dès longtemps pour sa reine;
Vous en portez encor la marque souveraine,
Et ce bandeau royal fut mis sur votre front
Comme un gage assuré de l'empire de Pont.
Maître de cet Etat que mon père me laisse,
Madame, c'est à moi d'accomplir sa promesse.
Mais il faut, croyez-moi, sans attendre plus tard,
Ainsi que notre hymen presser notre départ;
Nos intérêts communs et mon cœur le demandent.
Prêts à vous recevoir mes vaisseaux vous attendent,
Et du pied de l'autel vous y pouvez monter,
Souveraine des mers qui vous doivent porter.

MONIME. Seigneur, tant de bontés ont lieu de me confondre.
Mais, puisque le temps presse, et qu'il faut vous répondre,
Puis-je, laissant la feinte et les déguisements,
Vous découvrir ici mes secrets sentiments?

PHARNACE. Vous pouvez tout.

MONIME. Je crois que je vous suis connue.
Ephèse est mon pays: mais je suis descendue
D'aïeux, ou rois, seigneur, ou héros qu'autrefois
Leur vertu, chez les Grecs, mit au-dessus des rois.
Mithridate me vit; Ephèse, et l'Ionie,
A son heureux empire était alors unie:
Il daigna m'envoyer ce gage de sa foi.
Ce fut pour ma famille une suprême loi:
Il fallut obéir. Esclave couronnée,
Je partis pour l'hymen où j'étais destinée.
Le roi, qui m'attendait au sein de ses Etats,
Vit emporter ailleurs ses desseins et ses pas,
Et, tandis que la guerre occupait son courage,
M'envoya dans ces lieux éloignés de l'orage.
J'y vins; j'y suis encor. Mais cependant, seigneur,
Mon père paya cher ce dangereux honneur;
Et les Romains vainqueurs pour première victime
Prirent Philopœmen, le père de Monime.
Sous ce titre funeste il se vit immoler:
Et c'est de quoi, seigneur, j'ai voulu vous parler.
Quelque juste fureur dont je sois animée,
Je ne puis point à Rome opposer une armée;
Inutile témoin de tous ses attentats,
Je n'ai pour me venger ni sceptre ni soldats:
Enfin, je n'ai qu'un cœur. Tout ce que je puis faire,
C'est de garder la foi que je dois à mon père,
De ne point dans son sang aller tremper mes mains
En épousant en vous l'allié des Romains.

PHARNACE. Que parlez-vous de Rome et de son alliance?
Pourquoi tout ce discours et cette défiance?
Qui vous dit qu'avec eux je prétends m'allier?

MONIME. Mais vous-même, seigneur, pouvez-vous le nier?
Comment m'offririez-vous l'entrée et la couronne
D'un pays que partout leur armée environne,
Si le traité secret qui vous lie aux Romains
Ne vous en assurait l'empire et les chemins?

PHARNACE. De mes intentions je pourrais vous instruire,
Et je sais les raisons que j'aurais à vous dire,
Si, laissant en effet les vains déguisements,
Vous m'aviez expliqué vos secrets sentiments.
Mais enfin je commence, après tant de traverses,
Madame, à rassembler vos excuses diverses;
Je crois voir l'intérêt que vous voulez celer,
Et qu'un autre qu'un père ici vous fait parler.

XIPHARÈS. Quel que soit l'intérêt qui fait parler la reine,
La réponse, seigneur, doit-elle être incertaine?
Et contre les Romains votre ressentiment
Doit-il pour éclater balancer un moment?
Quoi! nous aurons d'un père entendu la disgrâce,
Et, lents à le venger, prompts à remplir sa place,
Nous mettrons notre honneur et son sang en oubli!
Il est mort: savons-nous s'il est enseveli?
Qui sait si, dans le temps que votre âme empressée
Forme d'un doux hymen l'agréable pensée,
Ce roi, que l'Orient tout plein de ses exploits
Peut nommer justement le dernier de ses rois,
Dans ses propres Etats privé de sépulture,
Ou couché sans honneur dans une foule obscure,
N'accuse point le ciel qui le laisse outrager,
Et deux indignes fils qui n'osent le venger?
Ah! ne languissons plus dans un coin du Bosphore:
Si dans tout l'univers quelque roi libre encore,
Parthe, Scythe, ou Sarmate, aime sa liberté,
Voilà nos alliés; marchons de ce côté.
Vivons ou périssons dignes de Mithridate;
Et songeons bien plutôt, quelque amour qui nous flatte,
A défendre du joug et nous et nos Etats,
Qu'à contraindre des cœurs qui ne se donnent pas.

PHARNACE. Il sait vos sentiments. Me trompais-je, madame?
Voilà cet intérêt si puissant sur votre âme,
Ce père, ces Romains que vous me reprochez.

XIPHARÈS. J'ignore de son cœur les sentiments cachés;
Mais je m'y soumettrais sans vouloir rien prétendre,
Si, comme vous, seigneur, je croyais les entendre.

PHARNACE. Vous feriez bien; et moi, je fais ce que je doi.
Votre exemple n'est pas une règle pour moi.

XIPHARÈS. Toutefois en ces lieux je ne connais personne
Qui ne doive imiter l'exemple que je donne.

PHARNACE. Vous pourriez à Colchos vous expliquer ainsi.

XIPHARÈS. Je le puis à Colchos, et je le puis ici.

PHARNACE. Ici vous y pourriez rencontrer votre perte.

SCÈNE IV.

MONIME, PHARNACE, XIPHARÈS, PHOEDIME.

PHOEDIME. Princes, toute la mer est de vaisseaux couverte:

Et bientôt, démentant le faux bruit de sa mort,
Mithridate lui-même arrive dans le port.
MONIME. Mithridate!
XIPHARÈS. Mon père!
PHARNACE. Ah! que viens-je d'entendre?
PHOEDIME. Quelques vaisseaux légers sont venus nous l'apprendre;
C'est lui-même: et déjà, pressé de son devoir,
Arbate loin du bord l'est allé recevoir.
XIPHARÈS *à Monime.* Qu'avons-nous fait!
MONIME *à Xipharès.* Adieu, prince. Quelle nouvelle!

SCÈNE V.

PHARNACE, XIPHARÈS.

PHARNACE *à part.* Mithridate revient! Ah fortune cruelle!
Ma vie et mon amour tous deux courent hasard.
Les Romains que j'attends arriveront trop tard:
Comment faire? *(A Xipharès.)*
J'entends que votre cœur soupire,
Et j'ai conçu l'adieu qu'elle vient de vous dire,
Prince. Mais ce discours demande un autre temps;
Nous avons aujourd'hui des soins plus importants.
Mithridate revient, peut-être inexorable.
Plus il est malheureux, plus il est redoutable;
Le péril est pressant plus que vous ne pensez.
Nous sommes criminels, et vous le connaissez:
Rarement l'amitié désarme sa colère;
Ses propres fils n'ont point de juge plus sévère;
Et nous l'avons vu même à ses cruels soupçons
Sacrifier deux fils pour de moindres raisons.
Craignons pour vous, pour moi, pour la reine elle-même;
Je la plains d'autant plus que Mithridate l'aime:
Amant avec transport, mais jaloux sans retour,
Sa haine va toujours plus loin que son amour.
Ne vous assurez point sur l'amour qu'il vous porte:
Sa jalouse fureur n'en sera que plus forte.
Songez-y. Vous avez la faveur des soldats,
Et j'aurai des secours que je n'explique pas.
M'en croirez-vous? courons assurer notre grâce:
Rendons-nous, vous et moi, maîtres de cette place;
Et faisons qu'à ses fils il ne puisse dicter
Que les conditions qu'ils voudront accepter.
XIPHARÈS. Je sais quel est mon crime, et je connais mon père;
Et j'ai pardessus vous le crime de ma mère:
Mais, quelque amour encor qui me pût éblouir,
Quand mon père paraît je ne sais qu'obéir.
PHARNACE. Soyons-nous donc au moins fidèles l'un à l'autre:
Vous savez mon secret; j'ai pénétré le vôtre.
Le roi, toujours fertile en dangereux détours,
S'armera contre nous de nos moindres discours:
Vous savez sa coutume, et sous quelles tendresses
Sa haine sait cacher ses trompeuses adresses.
Allons, puisqu'il le faut, je marche sur vos pas;
Mais en obéissant ne nous trahissons pas.

ACTE DEUXIÈME.

SCÈNE I.

MONIME, PHOEDIME.

PHOEDIME. Quoi! vous êtes ici quand Mithridate arrive!
Quand, pour le recevoir, chacun court sur la rive!
Que faites-vous, madame? et quel ressouvenir
Tout à coup vous arrête et vous fait revenir?
N'offenserez-vous point un roi qui vous adore,
Qui, presque votre époux...
MONIME. Il ne l'est pas encore,
Phœdime; et jusque-là je crois que mon devoir
Est de l'attendre ici sans l'aller recevoir.
PHOEDIME. Mais ce n'est point, madame, un amant ordinaire.
Songez qu'à ce grand roi promise par un père
Vous avez de ses feux un gage solennel
Qu'il peut, quand il voudra, confirmer à l'autel.
Croyez-moi, montrez-vous; venez à sa rencontre.
MONIME. Regarde en quel état tu veux que je me montre:
Vois ce visage en pleurs; et, loin de le chercher,
Dis-moi plutôt, dis-moi que je m'aille cacher.
PHOEDIME. Que dites-vous? O dieux!
MONIME. Ah! retour qui me tue!
Malheureuse, comment paraîtrai-je à sa vue,
Son diadème au front, et, dans le fond du cœur,
Phœdime... tu m'entends, et tu vois ma rougeur.
PHOEDIME. Ainsi vous retombez dans les mêmes alarmes
Qui vous ont dans la Grèce arraché tant de larmes,
Et toujours Xipharès revient vous traverser.
MONIME. Mon malheur est plus grand que tu ne peux penser:
Xipharès ne s'offrait alors à ma mémoire
Que tout plein de vertus, que tout brillant de gloire:
Et je ne savais pas que pour moi plein de feux,
Xipharès des mortels fût le plus amoureux.
PHOEDIME. Il vous aime, madame! Et ce héros aimable...
MONIME. Est aussi malheureux que je suis misérable.
Il m'adore, Phœdime; et les mêmes douleurs
Qui m'affligeaient ici le tourmentaient ailleurs.
PHOEDIME. Sait-il en sa faveur jusqu'où va votre estime?
Sait-il que vous l'aimez?
MONIME. Il l'ignore, Phœdime.
Les dieux m'ont secourue; et mon cœur affermi
N'a rien dit ou du moins n'a parlé qu'à demi.
Hélas! si tu savais pour garder le silence
Combien ce triste cœur s'est fait de violence,
Quels assauts, quels combats j'ai tantôt soutenus!
Phœdime, si je puis, je ne le verrai plus:
Malgré tous les efforts que je pourrais me faire,
Je verrais ses douleurs, je ne pourrais me taire.
Il viendra malgré moi m'arracher cet aveu:
Mais n'importe, s'il m'aime, il en jouira peu;
Je lui vendrai si cher ce bonheur qu'il ignore,
Qu'il vaudrait mieux pour lui qu'il l'ignorât encore.
PHOEDIME. On vient. Que faites-vous, madame?
MONIME. Je ne puis:
Je ne paraîtrai point dans le trouble où je suis.

SCÈNE II.

MITHRIDATE, PHARNACE, XIPHARÈS, ARBATE, GARDES.

MITHRIDATE. Princes, quelques raisons que vous me puissiez dire,
Votre devoir ici n'a point dû vous conduire,
Ni vous faire quitter, en de si grands besoins,
Vous, le Pont, vous, Colchos, confiés à vos soins.
Mais vous avez pour juge un père qui vous aime.
Vous avez cru des bruits que j'ai semés moi-même:
Je vous crois innocents, puisque vous le voulez,
Et je rends grâce au ciel qui nous a rassemblés.
Tout vaincu que je suis et voisin du naufrage,
Je médite un dessein digne de mon courage.
Vous en serez tantôt instruits plus amplement.
Allez, et laissez-moi reposer un moment.

SCÈNE III.

MITHRIDATE, ARBATE.

MITHRIDATE. Enfin, après un an, tu me revois, Arbate,
Non plus, comme autrefois, cet heureux Mithridate
Qui, de Rome toujours balançant le destin,
Tenais entre elle et moi l'univers incertain:
Je suis vaincu. Pompée a saisi l'avantage
D'une nuit qui laissait peu de place au courage:
Mes soldats presque nus, dans l'ombre intimidés,
Les rangs de toutes parts mal pris et mal gardés,
Le désordre partout redoublant les alarmes,
Nous-mêmes contre nous tournant nos propres armes,
Les cris que les rochers renvoyaient plus affreux,
Enfin toute l'horreur d'un combat ténébreux;
Que pouvait la valeur dans ce trouble funeste?
Les uns sont morts, la fuite a sauvé tout le reste;
Et je ne dois la vie, en ce commun effroi,
Qu'au bruit de mon trépas que je laisse après moi.
Quelque temps inconnu, j'ai traversé le Phase,
Et de là, pénétrant jusqu'au pied du Caucase,
Bientôt, dans des vaisseaux sur l'Euxin préparés,
J'ai rejoint de mon camp les restes séparés.
Voilà par quels malheurs poussé dans le Bosphore
J'y trouve des malheurs qui m'attendaient encore.
Toujours du même amour tu me vois enflammé:
Ce cœur nourri de sang et de guerre affamé,
Malgré le faix des ans et du sort qui m'opprime,
Traîne partout l'amour qui l'attache à Monime,
Et n'a point d'ennemis qui lui soient odieux
Plus que deux fils ingrats que je trouve en ces lieux.
ARBATE. Deux fils, seigneur!
MITHRIDATE. Ecoute. A travers ma colère,
Je veux bien distinguer Xipharès de son frère.
Je sais que, de tout temps à mes ordres soumis,
Il hait autant que moi nos communs ennemis;
Et j'ai vu sa valeur, à me plaire attachée,
Justifier pour lui ma tendresse cachée:
Je sais même, je sais avec quel désespoir,
A tout autre intérêt préférant son devoir,
Il courut démentir une mère infidèle,
Et tira de son crime une gloire nouvelle;
Et je ne puis encor ni n'oserais penser

Que ce fils si fidèle ait voulu m'offenser.
Mais tous deux en ces lieux que pouvaient-ils attendre?
L'un et l'autre à la reine ont-ils osé prétendre?
Avec qui semble-t-elle en secret s'accorder?
Moi-même de quel œil dois-je ici l'aborder?
Parle. Quelque désir qui m'entraîne auprès d'elle,
Il me faut de leurs cœurs rendre un compte fidèle.
Qu'est-ce qui s'est passé? qu'as-tu vu? que sais-tu?
Depuis quel temps, pourquoi, comment t'es-tu rendu?

ARBATE. Seigneur, depuis huit jours l'impatient Pharnace
Aborda le premier au pied de cette place,
Et, de votre trépas autorisant le bruit,
Dans ces murs aussitôt voulut être introduit.
Je ne m'arrêtai point à ce bruit téméraire;
Et je n'écoutais rien, si le prince son frère,
Bien moins par ses discours, seigneur, que par ses pleurs,
Ne m'eût en arrivant confirmé vos malheurs.

ACTE I, SCÈNE IV.
MONIME. Adieu, prince. Quelle nouvelle.

MITHRIDATE. Enfin, que firent-ils?

ARBATE. Pharnace entrait à peine,
Qu'il courut de ses feux entretenir la reine,
Et s'offrit d'assurer, par un hymen prochain,
Le bandeau qu'elle avait reçu de votre main.

MITHRIDATE. Traître! sans lui donner le loisir de répandre
Les pleurs que son amour aurait dus à ma cendre!
Et son frère?

ARBATE. Son frère, au moins jusqu'à ce jour,
Seigneur, dans ses desseins n'a point marqué d'amour;
Et toujours avec vous son cœur d'intelligence
N'a semblé respirer que guerre et que vengeance.

MITHRIDATE. Mais encor, quel dessein le conduisait ici?

ARBATE. Seigneur, vous en serez tôt ou tard éclairci.

MITHRIDATE. Parle, je te l'ordonne, et je veux tout apprendre.

ARBATE. Seigneur, jusqu'à ce jour ce que j'ai pu comprendre,
Ce prince a cru pouvoir, après votre trépas,
Compter cette province au rang de ses États;
Et, sans connaître ici de lois que son courage,
Il venait par la force appuyer son partage.

MITHRIDATE. Ah! c'est le moindre prix qu'il se doit proposer,
Si le ciel de mon sort me laisse disposer.
Oui, je respire, Arbate, et ma joie est extrême :
Je tremblais, je l'avoue, et pour un fils que j'aime,
Et pour moi, qui craignais de perdre un tel appui,
Et d'avoir à combattre un rival tel que lui.
Que Pharnace m'offense, il offre à ma colère
Un rival dès longtemps soigneux de me déplaire,
Qui, toujours des Romains admirateur secret,
Ne s'est jamais contre eux déclaré qu'à regret;
Et s'il faut que pour lui Monime prévenue
Ait pu porter ailleurs une amour qui m'est due,
Malheur au criminel qui vient me la ravir,
Et qui m'ose offenser et n'ose me servir!
L'aime-t-elle?

ARBATE. Seigneur, je vois venir la reine.

MITHRIDATE. Dieux, qui voyez ici mon amour et ma haine,
Épargnez mes malheurs, et daignez empêcher
Que je ne trouve encor ceux que je vais chercher!
Arbate, c'est assez : qu'on me laisse avec elle.

SCÈNE IV.

MITHRIDATE, MONIME.

MITHRIDATE. Madame, enfin le ciel près de vous me rappelle,
Et, secondant du moins mes plus tendres souhaits,
Vous rend à mon amour plus belle que jamais.
Je ne m'attendais pas que de notre hyménée
Je dusse voir si tard arriver la journée,
Ni qu'en vous retrouvant, mon funeste retour
Fît voir mon infortune et non pas mon amour.
C'est pourtant cet amour qui, de tant de retraites,
Ne me laisse choisir que les lieux où vous êtes;
Et les plus grands malheurs pourront me sembler doux,
Si ma présence ici n'en est point un pour vous.
C'est vous en dire assez, si vous voulez m'entendre.
Vous devez à ce jour dès longtemps vous attendre;
Et vous portez, madame, un gage de ma foi,
Qui vous dit tous les jours que vous êtes à moi.
Allons donc assurer cette foi mutuelle.
Ma gloire loin d'ici vous et moi nous appelle;
Et, sans perdre un moment pour ce noble dessein,
Aujourd'hui votre époux, il faut partir demain.

MONIME. Seigneur, vous pouvez tout : ceux par qui je respire
Vous ont cédé sur moi leur souverain empire;
Et, quand vous userez de ce droit tout puissant,
Je ne vous répondrai qu'en vous obéissant.

MITHRIDATE. Ainsi, prête à subir un joug qui vous opprime,
Vous n'allez à l'autel que comme une victime;
Et moi, tyran d'un cœur qui se refuse au mien,
Même en vous possédant je ne vous devrai rien!
Ah! madame, est-ce là de quoi me satisfaire?
Faut-il que désormais, renonçant à vous plaire,
Je ne prétende plus qu'à vous tyranniser?
Mes malheurs, en un mot, me font-ils mépriser?
Ah! pour tenter encor de nouvelles conquêtes
Quand je ne verrais pas des routes toutes prêtes,
Quand le sort ennemi m'aurait jeté plus bas,
Vaincu, persécuté, sans secours, sans États,
Errant de mers en mers, et moins roi que pirate,
Conservant pour tous biens le nom de Mithridate,
Apprenez que, suivi d'un nom si glorieux,
Partout de l'univers j'attacherais les yeux;
Et qu'il n'est point de rois, s'ils sont dignes de l'être,
Qui, sur le trône assis, n'enviassent peut-être
Au-dessus de leur gloire un naufrage élevé,
Que Rome et quarante ans ont à peine achevé.
Vous-même, d'un autre œil me verriez-vous, madame,
Si ces Grecs vos aïeux revivaient dans votre âme?
Et, puisqu'il faut enfin qne je sois votre époux,
N'était-il pas plus noble et plus digne de vous
De joindre à ce devoir votre propre suffrage,
D'opposer votre estime au destin qui m'outrage,
Et de me rassurer, en flattant ma douleur,
Contre la défiance attachée au malheur?...
Hé quoi! n'avez-vous rien, madame, à me répondre?
Tout mon empressement ne sert qu'à vous confondre.
Vous demeurez muette; et, loin de me parler,
Je vois, malgré vos soins, vos pleurs prêts à couler.

MONIME. Moi, seigneur? je n'ai point de larmes à répandre.
J'obéis : n'est-ce pas assez me faire entendre?
Et ne suffit-il pas...

MITHRIDATE. Non, ce n'est pas assez.
Je vous entends ici mieux que vous ne pensez :
Je vois qu'on m'a dit vrai; ma juste jalousie
Par vos propres discours est trop bien éclaircie :
Je vois qu'un fils perfide, épris de vos beautés,
Vous a parlé d'amour, et que vous l'écoutez.
Je vous jette pour lui dans des craintes nouvelles :
Mais il jouira peu de vos pleurs infidèles,
Madame; et désormais tout est sourd à mes lois,
Ou bien vous l'avez vu pour la dernière fois.
Appelez Xipharès.

MONIME. Ah! que voulez-vous faire?
Xipharès...

MITHRIDATE. Xipharès n'a point trahi son père;
Vous vous pressez en vain de le désavouer;
Et ma tendre amitié ne peut que s'en louer.
Ma honte en serait moindre, ainsi que votre crime,
Si ce fils, en effet digne de votre estime,
A quelque amour encore avait pu vous forcer.
Mais qu'un traître, qui n'est hardi qu'à m'offenser,
De qui nulle vertu n'accompagne l'audace,
Que Pharnace, en un mot, ait pu prendre ma place,
Qu'il soit aimé, madame, et que je sois haï...

Mithridate.

SCÈNE V.

MITHRIDATE, MONIME, XIPHARÈS.

MITHRIDATE. Venez, mon fils, venez, votre père est trahi.
Un fils audacieux insulte à ma ruine,
Traverse mes desseins, m'outrage, m'assassine,
Aime la reine enfin, lui plaît, et me ravit
Un cœur que son devoir à moi seul asservit.
Heureux pourtant, heureux, que dans cette disgrâce
Je ne puisse accuser que la main de Pharnace;
Qu'une mère infidèle, un frère audacieux,
Vous présentent en vain leur exemple odieux!
Oui, mon fils, c'est vous seul sur qui je me repose,
Vous seul qu'aux grands desseins que mon cœur se propose
J'ai choisi dès longtemps pour digne compagnon,
L'héritier de mon sceptre et surtout de mon nom.
Pharnace, en ce moment, et ma flamme offensée,
Ne peuvent pas tout seuls occuper ma pensée :
D'un voyage important les soins et les apprêts,
Mes vaisseaux qu'à partir il faut tenir tout prêts,
Mes soldats, dont je veux tenter la complaisance,
Dans ce même moment demandent ma présence.
Vous cependant ici veillez pour mon repos;
D'un rival insolent arrêtez les complots.
Ne quittez point la reine; et, s'il se peut, vous-même
Rendez-la moins contraire aux vœux d'un roi qui l'aime;
Détournez-la, mon fils, d'un choix injurieux :
Juge sans intérêt, vous la convaincrez mieux.
En un mot, c'est assez éprouver ma faiblesse :
Qu'elle ne pousse point cette même tendresse,
Que sais-je? à des fureurs dont mon cœur outragé
Ne se repentirait qu'après s'être vengé.

SCÈNE VI.

MONIME, XIPHARÈS.

XIPHARÈS. Que dirai-je, madame? et comment dois-je entendre
Cet ordre, ce discours que je ne puis comprendre?
Serait-il vrai, grands dieux! que trop aimé de vous
Pharnace eût en effet mérité ce courroux?
Pharnace aurait-il part à ce désordre extrême?

MONIME. Pharnace? ô ciel! Pharnace! Ah! qu'entends-je moi-même?
Ce n'est donc pas assez que ce funeste jour
A tout ce que j'aimais m'arrache sans retour,
Et que, de mon devoir esclave infortunée,
A d'éternels ennuis je me voie enchaînée;
Il faut qu'on joigne encor l'outrage à mes douleurs :
A l'amour de Pharnace on impute mes pleurs;
Malgré toute ma haine on veut qu'il m'ait su plaire.
Je le pardonne au roi, qu'aveugle sa colère,
Et qui de mes secrets ne peut être éclairci :
Mais vous, seigneur, mais vous, me traitez-vous ainsi?

XIPHARÈS. Ah! madame, excusez un amant qui s'égare,
Qui lui-même, lié par un devoir barbare,
Se voit près de tout perdre et n'ose se venger.
Mais des fureurs du roi que puis-je enfin juger?
Il se plaint qu'à ses vœux un autre amour s'oppose :
Quel heureux criminel en peut être la cause?
Qui? Parlez.

MONIME. Vous cherchez, prince, à vous tourmenter.
Plaignez votre malheur sans vouloir l'augmenter.

XIPHARÈS. Je sais trop quel tourment je m'apprête moi-même.
C'est peu de voir un père épouser ce que j'aime;
Voir encore un rival honoré de vos pleurs,
Sans doute c'est pour moi le comble des malheurs :
Mais dans mon désespoir je cherche à les accroître.
Madame, par pitié, faites-le-moi connoître :
Quel est-il cet amant? qui dois-je soupçonner?

MONIME. Avez-vous tant de peine à vous l'imaginer?
Tantôt, quand je fuyais une injuste contrainte,
A qui contre Pharnace ai-je adressé ma plainte?
Sous quel appui tantôt mon cœur s'est-il jeté?
Quel amour ai-je enfin sans colère écouté?

ACTE II, SCÈNE VI.

MONIME. Ma gloire me rappelle et m'entraîne à l'autel...

XIPHARÈS. O ciel! Quoi! je serais ce bienheureux coupable
Que vous avez pu voir d'un regard favorable?
Vos pleurs pour Xipharès auraient daigné couler?

MONIME. Oui, prince : il n'est plus temps de le dissimuler;
Ma douleur pour se taire a trop de violence.
Un rigoureux devoir me condamne au silence;
Mais il faut bien enfin, malgré ses dures lois,
Parler pour la première et la dernière fois.
Vous m'aimez dès longtemps : une égale tendresse
Pour vous depuis longtemps m'afflige et m'intéresse.
Songez depuis quel jour ces funestes appas
Firent naître un amour qu'ils ne méritaient pas;

Rappelez un espoir qui ne vous dura guère,
Le trouble où vous jeta l'amour de votre père,
Le tourment de me perdre et de le voir heureux,
Les rigueurs d'un devoir contraire à tous vos vœux :
Vous n'en sauriez, seigneur, retracer la mémoire,
Ni conter vos malheurs, sans conter mon histoire;
Et, lorsque ce matin j'en écoutais le cours,
Mon cœur vous répondait tous vos mêmes discours.
Inutile, ou plutôt funeste sympathie!
Trop parfaite union par le sort démentie!
Ah! par quel soin cruel le ciel avait-il joint
Deux cœurs que l'un pour l'autre il ne destinait point!
Car quel que soit vers vous le penchant qui m'attire,
Je vous le dis, seigneur, pour ne plus vous le dire:
Ma gloire me rappelle et m'entraîne à l'autel,
Où je vais vous jurer un silence éternel.
J'entends, vous gémissez : mais telle est ma misère,
Je ne suis point à vous, je suis à votre père.
Dans ce dessein vous-même il faut me soutenir,
Et de mon faible cœur m'aider à vous bannir :
J'attends du moins, j'attends de votre complaisance
Que désormais partout vous fuirez ma présence.
J'en viens de dire assez pour vous persuader
Que j'ai trop de raisons de vous le commander.
Mais après ce moment, si ce cœur magnanime
D'un véritable amour a brûlé pour Monime,
Je ne reconnais plus la foi de vos discours
Qu'au soin que vous prendrez de m'éviter toujours.

XIPHARÈS. Quelle marque, grands dieux! d'un amour déplorable!
Combien, en un moment, heureux et misérable!
De quel comble de gloire et de félicités
Dans quel abîme affreux vous me précipitez!
Quoi! j'aurai pu toucher un cœur comme le vôtre :
Vous aurez pu m'aimer; et cependant un autre
Possédera ce cœur dont j'attirais les vœux!
Père injuste, cruel, mais d'ailleurs malheureux!...
Vous voulez que je fuie et que je vous évite;
Et cependant le roi m'attache à votre suite.
Que dira-t-il?

MONIME. N'importe, il me faut obéir.
Inventez des raisons qui puissent l'éblouir.
D'un héros tel que vous c'est là l'effort suprême :
Cherchez, prince, cherchez, pour vous trahir vous-même,
Tout ce que, pour jouir de leurs contentements,
L'amour fait inventer aux vulgaires amants.
Enfin, je me connais, il y va de ma vie :
De mes faibles efforts ma vertu se défie.
Je sais qu'en vous voyant un tendre souvenir
Peut m'arracher du cœur quelque indigne soupir;
Que je verrai mon âme, en secret déchirée,
Revoler vers le bien dont elle est séparée :
Mais je sais bien aussi que, s'il dépend de vous
De me faire chérir un souvenir si doux,
Vous n'empêcherez pas que ma gloire offensée
N'en punisse aussitôt la coupable pensée,
Que ma main dans mon cœur ne vous aille chercher
Pour y laver ma honte et vous en arracher.
Que dis-je? en ce moment, le dernier qui nous reste,
Je me sens arrêter par un plaisir funeste :
Plus je vous parle, et plus, trop faible que je suis,
Je cherche à prolonger le péril que je fuis.
Il faut pourtant, il faut se faire violence;
Et, sans perdre en adieux un reste de constance,
Je fuis. Souvenez-vous, prince, de m'éviter,
Et méritez les pleurs que vous m'allez coûter.

XIPHARÈS. Ah! madame!... Elle fuit et ne veut plus m'entendre.
Malheureux Xipharès, quel parti dois-tu prendre?
On t'aime; on te bannit : toi-même tu vois bien
Que ton propre devoir s'accorde avec le sien.
Cours par un prompt trépas abréger ton supplice.
Toutefois attendons que son sort s'éclaircisse;
Et s'il faut qu'un rival la ravisse à ma foi,
Du moins en expirant ne la cédons qu'au roi.

ACTE TROISIÈME.

SCÈNE I.

MITHRIDATE, PHARNACE, XIPHARÈS.

MITHRIDATE. Approchez, mes enfants. Enfin l'heure est venue
Qu'il faut que mon secret éclate à votre vue :
A mes nobles projets je vois tout conspirer;
Il ne me reste plus qu'à vous les déclarer.
Je fuis : ainsi le veut la fortune ennemie.
Mais vous savez trop bien l'histoire de ma vie
Pour croire que longtemps, soigneux de me cacher,
J'attende en ces déserts qu'on me vienne chercher.
La guerre a ses faveurs, ainsi que ses disgrâces :
Déjà plus d'une fois, retournant sur mes traces,
Tandis que l'ennemi, par ma fuite trompé,
Tenait après son char un vain peuple occupé,
Et, gravant en airain ses frêles avantages,
De mes Etats conquis enchaînait les images,
Le Bosphore m'a vu, par de nouveaux apprêts,
Ramener la terreur du fond de ses marais,
Et, chassant les Romains de l'Asie étonnée,
Renverser en un jour l'ouvrage d'une année.
D'autres temps, d'autres soins. L'Orient accablé
Ne peut plus soutenir leur effort redoublé :
Il voit plus que jamais ses campagnes couvertes
De Romains que la guerre enrichit de nos pertes.
Des biens des nations ravisseurs altérés,
Le bruit de nos trésors les a tous attirés;
Ils y courent en foule, et, jaloux l'un de l'autre,
Désertent leur pays pour inonder le nôtre.
Moi seul je leur résiste : ou lassés, ou soumis,
Ma funeste amitié pèse à tous mes amis;
Chacun à ce fardeau veut dérober sa tête.
Le grand nom de Pompée assure sa conquête;
C'est l'effroi de l'Asie; et, loin de l'y chercher,
C'est à Rome, mes fils, que je prétends marcher.
Ce dessein vous surprend; et vous croyez peut-être
Que le seul désespoir aujourd'hui le fait naître.
J'excuse votre erreur : et, pour être approuvés,
De semblables projets veulent être achevés.
Ne vous figurez point que de cette contrée
Par d'éternels remparts Rome soit séparée :
Je sais tous les chemins par où je dois passer;
Et, si la mort bientôt ne me vient traverser,
Sans reculer plus loin l'effet de ma parole,
Je vous rends dans trois mois au pied du Capitole.
Doutez-vous que l'Euxin ne me porte en deux jours
Aux lieux où le Danube y vient finir son cours?
Que du Scythe avec moi l'alliance jurée
De l'Europe en ces lieux ne me livre l'entrée?
Recueilli dans leurs ports, accru de leurs soldats,
Nous verrons notre camp grossir à chaque pas.
Daces, Pannoniens, la fière Germanie,
Tous n'attendent qu'un chef contre la tyrannie :
Vous avez vu l'Espagne, et surtout les Gaulois,
Contre ces mêmes murs qu'ils ont pris autrefois
Exciter ma vengeance, et jusque dans la Grèce,
Par des ambassadeurs accuser ma paresse :
Ils savent que, sur eux prêt à se déborder,
Ce torrent, s'il m'entraîne, ira tout inonder;
Et vous les verrez tous, prévenant son ravage,
Guider dans l'Italie et suivre mon passage.
C'est là qu'en arrivant, plus qu'en tout le chemin,
Vous trouverez partout l'horreur du nom romain,
Et la triste Italie encor toute fumante
Des feux qu'a rallumés sa liberté mourante.
Non, princes, ce n'est point au bout de l'univers
Que Rome fait sentir tout le poids de ses fers :
Et de près inspirant les haines les plus fortes,
Tes plus grands ennemis, Rome, sont à tes portes.
Ah! s'ils ont pu choisir pour leur libérateur
Spartacus, un esclave, un vil gladiateur;
S'ils suivent au combat des brigands qui les vengent;
De quelle noble ardeur pensez-vous qu'ils se rangent
Sous les drapeaux d'un roi longtemps victorieux,
Qui voit jusqu'à Cyrus remonter ses aïeux?
Que dis-je? en quel état croyez-vous la surprendre?
Vide de légions qui la puissent défendre,
Tandis que tout s'occupe à me persécuter,
Leurs femmes, leurs enfants pourront-ils m'arrêter?
Marchons, et dans son sein rejetons cette guerre
Que sa fureur envoie aux deux bouts de la terre;
Attaquons dans leurs murs ces conquérants si fiers;
Qu'ils tremblent à leur tour pour leurs propres foyers.
Annibal l'a prédit, croyons-en ce grand homme :
Jamais on ne vaincra les Romains que dans Rome.
Noyons-la dans son sang justement répandu :
Brûlons ce Capitole où j'étais attendu :
Détruisons ses honneurs, et faisons disparaître
La honte de cent rois, et la mienne peut-être;
Et, la flamme à la main, effaçons tous ces noms
Que Rome y consacrait à d'éternels affronts.
Voilà l'ambition dont mon âme est saisie.
Ne craignez point pourtant qu'éloigné de l'Asie

J'en laisse les Romains tranquilles possesseurs :
Je sais où je lui dois trouver des défenseurs;
Je veux que, d'ennemis partout enveloppée,
Rome rappelle en vain le secours de Pompée.
Le Parthe, des Romains comme moi la terreur,
Consent de succéder à ma juste fureur;
Prêt d'unir avec moi sa haine et sa famille,
Il me demande un fils pour époux à sa fille.
Cet honneur vous regarde, et j'ai fait choix de vous,
Pharnace : allez, soyez ce bienheureux époux.
Demain, sans différer, je prétends que l'aurore
Découvre mes vaisseaux déjà loin du Bosphore :
Vous, que rien n'y retient, partez dès ce moment,
Et méritez mon choix par votre empressement;
Achevez cet hymen; et, repassant l'Euphrate,
Faites voir à l'Asie un autre Mithridate.
Que nos tyrans communs en pâlissent d'effroi;
Et que le bruit à Rome en vienne jusqu'à moi.

PHARNACE. Seigneur, je ne vous puis déguiser ma surprise.
J'écoute avec transport cette grande entreprise;
Je l'admire; et jamais un plus hardi dessein
Ne mit à des vaincus les armes à la main :
Surtout j'admire en vous ce cœur infatigable
Qui semble s'affermir sous le faix qui l'accable.
Mais, si j'ose parler avec sincérité,
En êtes-vous réduit à cette extrémité?
Pourquoi tenter si loin des courses inutiles,
Quand vos Etats encor vous offrent tant d'asiles?
Et vouloir affronter des travaux infinis,
Dignes plutôt d'un chef de malheureux bannis,
Que d'un roi qui naguère avec quelque apparence
De l'aurore au couchant portait son espérance,
Fondait sur trente Etats son trône florissant,
Dont le débris est même un empire puissant?
Vous seul, seigneur, vous seul, après quarante années,
Pouvez encor lutter contre les destinées.
Implacable ennemi de Rome et du repos,
Comptez-vous vos soldats pour autant de héros?
Pensez-vous que ces cœurs, tremblants de leur défaite,
Fatigués d'une longue et pénible retraite,
Cherchent avidement sous un ciel étranger
La mort et le travail pire que le danger?
Vaincus plus d'une fois aux yeux de la patrie,
Soutiendront-ils ailleurs un vainqueur en furie?
Sera-t-il moins terrible, et le vaincront-ils mieux,
Dans le sein de sa ville, à l'aspect de ses dieux?
Le Parthe vous recherche et vous demande un gendre.
Mais ce Parthe, seigneur, ardent à nous défendre
Lorsque tout l'univers semblait nous protéger,
D'un gendre sans appui voudra-t-il se charger?
M'en irai-je, moi seul, rebut de la fortune,
Essuyer l'inconstance au Parthe si commune,
Et peut-être, pour fruit d'un téméraire amour,
Exposer votre nom au mépris de sa cour?
Du moins, s'il faut céder, si, contre notre usage,
Il faut d'un suppliant emprunter le visage,
Sans m'envoyer du Parthe embrasser les genoux,
Sans vous-même implorer des rois moindres que vous,
Ne pourrions-nous pas prendre une plus sûre voie?
Jetons-nous dans les bras qu'on nous tend avec joie :
Rome en votre faveur facile à s'apaiser...

XIPHARÈS. Rome, mon frère! O ciel! qu'osez-vous proposer?
Vous voulez que le roi s'abaisse et s'humilie?
Qu'il démente en un jour tout le cours de sa vie?
Qu'il se fie aux Romains, et subisse des lois
Dont il a quarante ans défendu tous les rois?
Continuez, seigneur. Tout vaincu que vous êtes,
La guerre, les périls sont vos seules retraites.
Rome poursuit en vous un ennemi fatal
Plus conjuré contre elle et plus craint qu'Annibal.
Tout couvert de son sang, quoi que vous puissiez faire,
N'en attendez jamais qu'une paix sanguinaire,
Telle qu'en un seul jour un ordre de vos mains
La donna dans l'Asie à cent mille Romains.
Toutefois épargnez votre tête sacrée :
Vous-même n'allez point de contrée en contrée
Montrer aux nations Mithridate détruit,
Et de votre grand nom diminuer le bruit.
Votre vengeance est juste; il la faut entreprendre :
Brûlez le Capitole, et mettez Rome en cendre.
Mais c'est assez pour vous d'en ouvrir les chemins :
Faites porter ce feu par de plus jeunes mains;
Et tandis que l'Asie occupera Pharnace,
De cette autre entreprise honorez mon audace.
Commandez : laissez-nous, de votre nom suivis,
Justifier partout que nous sommes vos fils.
Embrasez par nos mains le couchant et l'aurore :
Remplissez l'univers, sans sortir du Bosphore;
Que les Romains, pressés de l'un à l'autre bout,
Doutent où vous serez, et vous trouvent partout.
Dès ce même moment ordonnez que je parte.
Ici tout vous retient; et moi, tout m'en écarte :
Et, si ce grand dessein surpasse ma valeur,
Du moins ce désespoir convient à mon malheur.
Trop heureux d'avancer la fin de ma misère,
J'irai... J'effacerai le crime de ma mère :
Seigneur, vous m'en voyez rougir à vos genoux;
J'ai honte de me voir si peu digne de vous;
Tout mon sang doit laver une tache si noire.
Mais je cherche un trépas utile à votre gloire;
Et Rome, unique objet d'un désespoir si beau,
Du fils de Mithridate est le digne tombeau.

MITHRIDATE *se levant*. Mon fils, ne parlons plus d'une mère infidèle.
Votre père est content, il connaît votre zèle,
Et ne vous verra point affronter de danger
Qu'avec vous son amour ne veuille partager :
Vous me suivrez; je veux que rien ne nous sépare.
Et vous, à m'obéir, prince, qu'on se prépare;
Les vaisseaux sont tout prêts : j'ai moi-même ordonné
La suite et l'appareil qui vous est destiné.
Arbate, à cet hymen chargé de vous conduire,
De votre obéissance aura soin de m'instruire.
Allez; et, soutenant l'honneur de vos aïeux,
Dans cet embrassement recevez mes adieux.

PHARNACE. Seigneur...

MITHRIDATE. Ma volonté, prince, vous doit suffire.
Obéissez. C'est trop vous le faire redire.

PHARNACE. Seigneur, si pour vous plaire il ne faut que périr,
Plus ardent qu'aucun autre on m'y verra courir :
Combattant à vos yeux permettez que je meure.

MITHRIDATE. Je vous ai commandé de partir tout à l'heure.
Mais après ce moment... Prince, vous m'entendez,
Et vous êtes perdu si vous me répondez.

PHARNACE. Dussiez-vous présenter mille morts à ma vue,
Je ne saurais chercher une fille inconnue.
Ma vie est en vos mains.

MITHRIDATE. Ah! c'est où je t'attends.
Tu ne saurais partir, perfide! et je t'entends.
Je sais pourquoi tu fuis l'hymen où je t'envoie :
Il te fâche en ces lieux d'abandonner ta proie;
Monime te retient; ton amour criminel
Prétendait l'arracher à l'hymen paternel.
Ni l'ardeur dont tu sais que je l'ai recherchée,
Ni déjà sur son front ma couronne attachée,
Ni cet asile même où je la fais garder,
Ni mon juste courroux n'ont pu t'intimider.
Traître! pour les Romains tes lâches complaisances
N'étaient pas à mes yeux d'assez noires offenses;
Il te manquait encor ces perfides amours
Pour être le supplice et l'horreur de mes jours.
Loin de t'en repentir, je vois sur ton visage
Que ta confusion ne part que de ta rage :
Il te tarde déjà qu'échappé de mes mains
Tu ne coures me perdre et me vendre aux Romains.
Mais, avant que partir, je me ferai justice :
Je te l'ai dit. Holà! gardes!

SCÈNE II.

MITHRIDATE, PHARNACE, XIPHARÈS, GARDES.

MITHRIDATE. Qu'on le saisisse.
Oui, lui-même, Pharnace. Allez; et de ce pas
Qu'enfermé dans la tour on ne le quitte pas.

PHARNACE. Hé bien, sans me parer d'une innocence vaine,
Il est vrai, mon amour mérite votre haine :
J'aime. L'on vous a fait un fidèle récit.
Mais Xipharès, seigneur, ne vous a pas tout dit :
C'est le moindre secret qu'il pouvait vous apprendre.
Et ce fils si fidèle a dû vous faire entendre
Que, des mêmes ardeurs dès longtemps enflammé,
Il aime aussi la reine, et même en est aimé.

SCÈNE III.

MITHRIDATE, XIPHARÈS.

XIPHARÈS. Seigneur, le croirez-vous qu'un dessein si coupable...

MITHRIDATE. Mon fils, je sais de quoi votre frère est capable.
Me préserve le ciel de soupçonner jamais
Que d'un prix si cruel vous payiez mes bienfaits :
Qu'un fils qui fut toujours le bonheur de ma vie
Ait pu percer ce cœur qu'un père lui confie!

Je ne le croirai point. Allez : loin d'y songer,
Je ne vais désormais penser qu'à nous venger.

SCÈNE IV.

MITHRIDATE.

Je ne le croirai point? Vain espoir qui me flatte!
Tu ne le crois que trop, malheureux Mithridate!
Xipharès mon rival? et, d'accord avec lui,
La reine aurait osé me tromper aujourd'hui?
Quoi! de quelque côté que je tourne la vue,
La foi de tous les cœurs est pour moi disparue!
Tout m'abandonne ailleurs! tout me trahit ici!
Pharnace, amis, maîtresse! et toi, mon fils, aussi!
Toi de qui la vertu consolant ma disgrâce...
Mais ne connais-je pas le perfide Pharnace?
Quelle faiblesse à moi d'en croire un furieux
Qu'arme contre son frère un courroux envieux,
Ou dont le désespoir, me troublant par des fables,
Grossit pour se sauver le nombre des coupables!
Non, ne l'en croyons point : et, sans trop nous presser,
Voyons, examinons. Mais par où commencer?
Qui m'en éclaircira? quels témoins? quel indice?...
Le ciel en ce moment m'inspire un artifice.
Qu'on appelle la reine. Oui, sans aller plus loin,
Je veux l'ouïr : mon choix s'arrête à ce témoin.
L'amour avidement croit tout ce qui le flatte.
Qui peut de son vainqueur mieux parler que l'ingrate?
Voyons qui son amour accusera des deux.
S'il n'est digne de moi, le piége est digne d'eux.
Trompons qui nous trahit : et, pour connaître un traître,
Il n'est point de moyens... Mais je la vois paraître :
Feignons; et de son cœur, d'un vain espoir flatté,
Par un mensonge adroit tirons la vérité.

SCÈNE V.

MITHRIDATE, MONIME.

MITHRIDATE. Enfin j'ouvre les yeux, et je me fais justice :
C'est faire à vos beautés un triste sacrifice
Que de vous présenter, madame, avec ma foi,
Tout l'âge et le malheur que je traîne avec moi.
Jusqu'ici la fortune et la victoire mêmes
Cachaient mes cheveux blancs sous trente diadèmes.
Mais ce temps-là n'est plus : je régnais, et je fuis :
Mes ans se sont accrus; mes honneurs sont détruits;
Et mon front, dépouillé d'un si noble avantage,
Du temps qui l'a flétri laisse voir tout l'outrage.
D'ailleurs mille desseins partagent mes esprits :
D'un camp prêt à partir vous entendez les cris;
Sortant de mes vaisseaux, il faut que j'y remonte.
Quel temps pour un hymen qu'une fuite si prompte,
Madame! Et de quel front vous unir à mon sort,
Quand je ne cherche plus que la guerre et la mort?
Cessez pourtant, cessez de prétendre à Pharnace :
Quand je me fais justice, il faut qu'on se la fasse.
Je ne souffrirai point que ce fils odieux,
Que je viens pour jamais de bannir de mes yeux,
Possédant une amour qui me fut déniée,
Vous fasse des Romains devenir l'alliée.
Mon trône vous est dû : loin de m'en repentir,
Je vous y place même avant que de partir,
Pourvu que vous vouliez qu'une main qui m'est chère,
Un fils, le digne objet de l'amour de son père,
Xipharès, en un mot, devenant votre époux,
Me venge de Pharnace et m'acquitte envers vous.
MONIME. Xipharès! lui, seigneur?
MITHRIDATE. Oui, lui-même, madame.
D'où peut naître à ce nom le trouble de votre âme?
Contre un si juste choix qui peut vous révolter?
Est-ce quelque mépris qu'on ne puisse dompter?
Je le répète encor, c'est un autre moi-même,
Un fils victorieux, qui me chérit, que j'aime,
L'ennemi des Romains, l'héritier et l'appui
D'un empire et d'un nom qui va renaître en lui;
Et, quoi que votre amour ait osé se promettre,
Ce n'est qu'entre ses mains que je puis vous remettre.
MONIME. Que dites-vous? O ciel! pourriez-vous approuver...
Pourquoi, seigneur, pourquoi voulez-vous m'éprouver?
Cessez de tourmenter une âme infortunée :
Je sais que c'est à vous que je fus destinée;
Je sais qu'en ce moment, pour ce nœud solennel,
La victime, seigneur, nous attend à l'autel.
Venez.
MITHRIDATE. Je le vois bien : quelque effort que je fasse,
Madame, vous voulez vous garder à Pharnace.
Je reconnais toujours vos injustes mépris;
Ils ont même passé sur mon malheureux fils.
MONIME. Je le méprise!
MITHRIDATE. Hé bien, n'en parlons plus, madame :
Continuez; brûlez d'une honteuse flamme.
Tandis qu'avec mon fils je vais, loin de vos yeux,
Chercher au bout du monde un trépas glorieux,
Vous cependant ici servez avec son frère,
Et vendez aux Romains le sang de votre père.
Venez : je ne saurais mieux punir vos dédains
Qu'en vous mettant moi-même en ses serviles mains;
Et, sans plus me charger du soin de votre gloire,
Je veux laisser de vous jusqu'à votre mémoire.
Allons, madame, allons. Je m'en vais vous unir.
MONIME. Plutôt de mille morts dussiez-vous me punir!
MITHRIDATE. Vous résistez en vain, et j'entends votre fuite.
MONIME. En quelle extrémité, seigneur, suis-je réduite!
Mais enfin je vous crois, et je ne puis penser
Qu'à feindre si longtemps vous puissiez vous forcer.
Les dieux me sont témoins qu'à vous plaire bornée
Mon âme à tout son sort s'était abandonnée.
Mais si quelque faiblesse avait pu m'alarmer,
Si de tous ses efforts mon cœur a dû s'armer,
Ne croyez point, seigneur, qu'auteur de mes alarmes,
Pharnace m'ait jamais coûté les moindres larmes.
Ce fils victorieux que vous favorisez,
Cette vivante image en qui vous vous plaisez,
Cet ennemi de Rome, et cet autre vous-même,
Enfin ce Xipharès que vous voulez que j'aime...
MITHRIDATE. Vous l'aimez?
MONIME. Si le sort ne m'eût donnée à vous,
Mon bonheur dépendait de l'avoir pour époux.
Avant que votre amour m'eût envoyé ce gage,
Nous nous aimions. Seigneur, vous changez de visage!
MITHRIDATE. Non, madame. Il suffit. Je vais vous l'envoyer.
Allez. Le temps est cher, il le faut employer.
Je vois qu'à m'obéir vous êtes disposée :
Je suis content.
MONIME *en s'en allant.* O ciel! me serais-je abusée?

SCÈNE VI.

MITHRIDATE.

Ils s'aiment. C'est ainsi qu'on se jouait de nous!
Ah! fils ingrat, tu vas me répondre pour tous;
Tu périras. Je sais combien ta renommée
Et tes fausses vertus ont séduit mon armée :
Perfide, je te veux porter des coups certains;
Il faut pour te mieux perdre écarter les mutins,
En faisant à mes yeux partir les plus rebelles,
Ne garder près de moi que des troupes fidèles.
Allons. Mais, sans montrer un visage offensé,
Dissimulons encor, comme j'ai commencé.

ACTE QUATRIÈME.

SCÈNE I.

MONIME, PHOEDIME.

MONIME. Phœdime, au nom des dieux, fais ce que je désire;
Va voir ce qui se passe, et reviens me le dire.
Je ne sais; mais mon cœur ne se peut rassurer :
Mille soupçons affreux viennent me déchirer.
Que tarde Xipharès! et d'où vient qu'il diffère
A seconder des vœux qu'autorise son père?
Son père en me quittant me l'allait envoyer...
Mais il feignait peut-être. Il fallait tout nier.
Le roi feignait! Et moi, découvrant ma pensée...
O dieux, en ce péril m'auriez-vous délaissée?
Et se pourrait-il bien qu'à son ressentiment
Mon amour indiscret eût livré mon amant?
Quoi, prince! quand tout plein de ton amour extrême,
Pour savoir mon secret tu me pressais toi-même,
Mes refus trop cruels vingt fois te l'ont caché;
Je t'ai même puni de l'avoir arraché :
Et quand de toi peut-être un père se défie,
Que dis-je? quand peut-être il y va de ta vie,
Je parle, et, trop facile à me laisser tromper,
Je lui marque le cœur où sa main doit frapper!
PHOEDIME. Ah! traitez-le, madame, avec plus de justice;
Un grand roi descend-il jusqu'à cet artifice?
A prendre ce détour qui l'aurait pu forcer?
Sans murmure à l'autel vous l'alliez devancer.
Voulait-il perdre un fils qu'il aime avec tendresse?
Jusqu'ici les effets secondent sa promesse :
Madame, il vous disait qu'un important dessein,

Malgré lui, le forçait à vous quitter demain :
Ce seul dessein l'occupe, et, hâtant son voyage,
Lui-même ordonne tout, présent sur le rivage;
Ses vaisseaux en tous lieux se chargent de soldats,
Et partout Xipharès accompagne ses pas.
D'un rival en fureur est-ce là la conduite?
Et voit-on ses discours démentis par la suite?

MONIME. Pharnace cependant, par son ordre arrêté,
Trouve en lui d'un rival toute la dureté.
Phœdime, à Xipharès fera-t-il plus de grâce?

PHOEDIME. C'est l'ami des Romains qu'il punit en Pharnace :
L'amour a peu de part à ses justes soupçons.

MONIME. Autant que je le puis, je cède à tes raisons;
Elles calment un peu l'ennui qui me dévore.
Mais pourtant Xipharès ne paraît point encore.

PHOEDIME. Vaine erreur des amants, qui, pleins de leurs désirs,
Voudraient que tout cédât au soin de leurs plaisirs!
Qui, prêts à s'irriter contre le moindre obstacle...

MONIME. Ma Phœdime, eh! qui peut concevoir ce miracle?
Après deux ans d'ennuis, dont tu sais tout le poids,
Quoi! je puis respirer pour la première fois!
Quoi! cher prince, avec toi je me verrais unie!
Et loin que ma tendresse eût exposé ta vie,
Tu verrais ton devoir, je verrais ma vertu,
Approuver un amour si longtemps combattu!
Je pourrais tous les jours t'assurer que je t'aime!
Que ne viens-tu?

SCÈNE II.

MONIME, XIPHARÈS, PHOEDIME.

MONIME. Seigneur, je parlais de vous-même;
Mon âme souhaitait de vous voir en ce lieu
Pour vous...

XIPHARÈS. C'est maintenant qu'il faut vous dire adieu.

MONIME. Adieu! vous?

XIPHARÈS. Oui, madame, et pour toute ma vie.

MONIME. Qu'entends-je? On me disait... Hélas! ils m'ont trahie.

XIPHARÈS. Madame, je ne sais quel ennemi couvert,
Révélant nos secrets, vous trahit, et me perd.
Mais le roi, qui tantôt n'en croyait point Pharnace,
Maintenant dans nos cœurs sait tout ce qui se passe.
Il feint, il me caresse, et cache son dessein;
Mais moi, qui, dès l'enfance élevé dans son sein,
De tous ses mouvements ai trop d'intelligence,
J'ai lu dans ses regards sa prochaine vengeance.
Il presse, il fait partir tous ceux dont mon malheur
Pourrait à la révolte exciter la douleur.
De ses fausses bontés j'ai connu la contrainte.
Un mot même d'Arbate a confirmé ma crainte :
Il a su m'aborder, et les larmes aux yeux,
« On sait tout, m'a-t-il dit, sauvez-vous de ces lieux. »
Ce mot m'a fait frémir du péril de ma reine,
Et ce cher intérêt est le seul qui m'amène.
Je vous crains pour vous-même, et je viens à genoux
Vous prier, ma princesse, et vous fléchir pour vous.
Vous dépendez ici d'une main violente
Que le sang le plus cher rarement épouvante,
Et je n'ose vous dire à quelle cruauté
Mithridate jaloux s'est souvent emporté.
Peut-être c'est moi seul que sa fureur menace;
Peut-être, en me perdant, il veut vous faire grâce :
Daignez, au nom des dieux, daignez en profiter;
Par de nouveaux refus n'allez point l'irriter.
Moins vous l'aimez, et plus tâchez de lui complaire;
Feignez; efforcez-vous : songez qu'il est mon père.
Vivez, et permettez que dans tous mes malheurs
Je puisse à votre amour ne coûter que des pleurs.

MONIME. Ah! je vous ai perdu!

XIPHARÈS. Généreuse Monime,
Ne vous imputez point le malheur qui m'opprime.
Votre seule bonté n'est point ce qui me nuit :
Je suis un malheureux que le destin poursuit;
C'est lui qui m'a ravi l'amitié de mon père,
Qui le fit mon rival, qui révolta ma mère,
Et vient de susciter, dans ce moment affreux,
Un secret ennemi pour nous trahir tous deux.

MONIME. Hé quoi! cet ennemi vous l'ignorez encore?

XIPHARÈS. Pour surcroît de douleur, madame, je l'ignore.
Heureux si je pouvais, avant que m'immoler,
Percer le traître cœur qui m'a pu déceler!

MONIME. Hé bien, seigneur, il faut vous le faire connaître.
Ne cherchez point ailleurs cet ennemi, ce traître;
Frappez : aucun respect ne vous doit retenir.
J'ai tout fait, et c'est moi que vous devez punir.

XIPHARÈS. Vous!

MONIME. Ah! si vous saviez, prince, avec quelle adresse
Le cruel est venu surprendre ma tendresse!
Quelle amitié sincère il affectait pour vous!
Content, s'il vous voyait devenir mon époux!
Qui n'aurait cru...? Mais non, mon amour plus timide
Devait moins vous livrer à sa bonté perfide.
Les dieux qui m'inspiraient, et que j'ai mal suivis,
M'ont fait taire trois fois par de secrets avis.
J'ai dû continuer; j'ai dû dans tout le reste...
Que sais-je enfin? j'ai dû vous être moins funeste;
J'ai dû craindre du roi les dons empoisonnés,
Et je m'en punirai si vous me pardonnez.

XIPHARÈS. Quoi! madame, c'est vous, c'est l'amour qui m'expose;
Mon malheur est parti d'une si belle cause;
Trop d'amour a trahi nos secrets amoureux :
Et vous vous excusez de m'avoir fait heureux!
Que voudrais-je de plus? glorieux et fidèle,
Je meurs. Un autre sort au trône vous appelle :
Consentez-y, madame, et, sans plus résister,
Achevez un hymen qui vous y fait monter.

MONIME. Quoi! vous me demandez que j'épouse un barbare
Dont l'odieux amour pour jamais nous sépare?

XIPHARÈS. Songez que ce matin, soumise à ses souhaits,
Vous deviez l'épouser et ne me voir jamais.

MONIME. Eh! connaissais-je alors toute sa barbarie?
Ne voudriez-vous point qu'approuvant sa furie,
Après vous avoir vu tout percé de ses coups,
Je suivisse à l'autel un tyrannique époux;
Et que, dans une main de votre sang fumante,
J'allasse mettre, hélas! la main de votre amante?
Allez; de ses fureurs songez à vous garder,
Sans perdre ici le temps à me persuader :
Le ciel m'inspirera quel parti je dois prendre.
Que serait-ce, grands dieux! s'il venait vous surprendre!
Que dis-je? on vient. Allez : courez. Vivez enfin;
Et du moins attendez quel sera mon destin.

SCÈNE III.

MONIME, PHOEDIME.

PHOEDIME. Madame, à quels périls il exposait sa vie!
C'est le roi.

MONIME. Cours l'aider à cacher sa sortie.
Va, ne le quitte point; et qu'il se garde bien
D'ordonner de son sort sans être instruit du mien.

SCÈNE IV.

MITHRIDATE, MONIME.

MITHRIDATE. Allons, madame, allons. Une raison secrète
Me fait quitter ces lieux et hâter ma retraite.
Tandis que mes soldats, prêts à suivre leur roi,
Rentrent dans mes vaisseaux pour partir avec moi,
Venez, et qu'à l'autel ma promesse accomplie
Par des nœuds éternels l'un à l'autre nous lie.

MONIME. Nous, seigneur?

MITHRIDATE. Quoi, madame! osez-vous balancer?

MONIME. Et ne m'avez-vous pas défendu d'y penser?

MITHRIDATE. J'eus mes raisons alors : oublions-les, madame.
Ne songez maintenant qu'à répondre à ma flamme.
Songez que votre cœur est un bien qui m'est dû.

MONIME. Hé! pourquoi donc, seigneur, me l'avez-vous rendu?

MITHRIDATE. Quoi! pour un fils ingrat toujours préoccupée,
Vous croiriez...

MONIME. Quoi, seigneur! vous m'auriez donc trompée?

MITHRIDATE. Perfide! il vous sied bien de tenir ce discours,
Vous qui, gardant au cœur d'infidèles amours,
Quand je vous élevais au comble de la gloire,
M'avez des trahisons préparé la plus noire!
Ne vous souvient-il plus, cœur ingrat et sans foi,
Plus que tous les Romains conjuré contre moi,
De quel rang glorieux j'ai bien voulu descendre
Pour vous porter au trône où vous n'osiez prétendre?
Ne me regardez point vaincu, persécuté :
Revoyez-moi vainqueur, et partout redouté.
Songez de quelle ardeur dans Éphèse adorée
Aux filles de cent rois je vous ai préférée;
Et, négligeant pour vous tant d'heureux alliés,
Quelle foule d'États je mettais à vos piés.
Ah! si d'un autre amour le penchant invincible
Dès lors à mes bontés vous rendait insensible,
Pourquoi chercher si loin un odieux époux?
Avant que de partir, pourquoi vous taisiez-vous?
Attendiez-vous, pour faire un aveu si funeste,
Que le sort ennemi m'eût ravi tout le reste,
Et que, de toutes parts me voyant accabler,
J'eusse en vous le seul bien qui me pût consoler?

Cependant, quand je veux oublier cet outrage,
Et cacher à mon cœur cette funeste image,
Vous osez à mes yeux rappeler le passé!
Vous m'accusez encor, quand je suis offensé!
Je vois que pour un traître un fol espoir vous flatte.
A quelle épreuve, ô ciel, réduis-tu Mithridate?
Par quel charme secret laissé-je retenir
Ce courroux si sévère et si prompt à punir?
Profitez du moment que mon amour vous donne :
Pour la dernière fois, venez, je vous l'ordonne.
N'attirez point sur vous des périls superflus,
Pour un fils insolent que vous ne verrez plus.
Sans vous parer pour lui d'une foi qui m'est due,
Perdez-en la mémoire aussi bien que la vue;
Et désormais, sensible à ma seule bonté,
Méritez le pardon qui vous est présenté.

MONIME. Je n'ai point oublié quelle reconnaissance,
Seigneur, m'a dû ranger sous votre obéissance :
Quelque rang où jadis soient montés mes aïeux,
Leur gloire de si loin n'éblouit point mes yeux.
Je songe avec respect de combien je suis née
Au-dessous des grandeurs d'un si noble hyménée :
Et, malgré mon penchant et mes premiers desseins
Pour un fils, après vous, le plus grand des humains,
Du jour que sur mon front on mit ce diadème,
Je renonçai, seigneur, à ce prince, à moi-même.
Tous deux d'intelligence à nous sacrifier,
Loin de moi, par mon ordre, il courait m'oublier.
Dans l'ombre du secret ce feu s'allait éteindre;
Et même de mon sort je ne pouvais me plaindre,
Puisqu'enfin, aux dépens de mes vœux les plus doux,
Je faisais le bonheur d'un héros tel que vous.
Vous seul, seigneur, vous seul, vous m'avez arrachée
A cette obéissance où j'étais attachée;
Et ce fatal amour dont j'avais triomphé,
Ce feu que dans l'oubli je croyais étouffé,
Dont la cause à jamais s'éloignait de ma vue,
Vos détours l'ont surpris, et m'en ont convaincue.
Je vous l'ai confessé, je le dois soutenir :
En vain vous en pourriez perdre le souvenir;
Et cet aveu honteux où vous m'avez forcée
Demeurera toujours présent à ma pensée,
Toujours je vous croirais incertain de ma foi;
Et le tombeau, seigneur, est moins triste pour moi
Que le lit d'un époux qui m'a fait cet outrage,
Qui s'est acquis sur moi ce cruel avantage,
Et qui, me préparant un éternel ennui,
M'a fait rougir d'un feu qui n'était pas pour lui.

MITHRIDATE. C'est donc votre réponse? et, sans plus me complaire,
Vous refusez l'honneur que je voulais vous faire?
Pensez-y bien. J'attends pour me déterminer.

MONIME. Non, seigneur, vainement vous croyez m'étonner.
Je vous connais; je sais tout ce que je m'apprête,
Et je vois quels malheurs j'assemble sur ma tête :
Mais le dessein est pris; rien ne peut m'ébranler.
Jugez-en, puisqu'ainsi je vous ose parler,
Et m'emporte au delà de cette modestie
Dont jusqu'à ce moment je n'étais point sortie.
Vous vous êtes servi de ma funeste main
Pour mettre à votre fils un poignard dans le sein :
De ses feux innocents j'ai trahi le mystère;
Et, quand il n'en perdrait que l'amour de son père,
Il en mourra, seigneur. Ma foi ni mon amour
Ne seront point le prix d'un si cruel détour.
Après cela, jugez. Perdez une rebelle;
Armez-vous du pouvoir qu'on vous donna sur elle :
J'attendrai mon arrêt; vous pouvez commander.
Tout ce qu'en vous quittant j'ose vous demander,
Croyez (à la vertu je dois cette justice)
Que je vous trahis seule, et n'ai point de complice;
Et que d'un plein succès vos vœux seraient suivis
Si j'en croyais, seigneur, les vœux de votre fils.

SCÈNE V.

MITHRIDATE.

Elle me quitte! Et moi, dans un lâche silence,
Je semble de sa fuite approuver l'insolence!
Peu s'en faut que mon cœur, penchant de son côté,
Ne me condamne encor de trop de cruauté!
Qui suis-je? Est-ce Monime? Et suis-je Mithridate?
Non, non, plus de pardon, plus d'amour pour l'ingrate.
Ma colère revient, et je me reconnois :
Immolons, en partant, trois ingrats à la fois.
Je vais à Rome; et c'est par de tels sacrifices
Qu'il faut à ma fureur rendre les dieux propices.
Je le dois, je le puis; ils n'ont plus de support;
Les plus séditieux sont déjà loin du bord.
Sans distinguer entre eux qui je hais ou qui j'aime,
Allons, et commençons par Xipharès lui-même.
Mais quelle est ma fureur! et qu'est-ce que je dis!
Tu vas sacrifier... qui, malheureux? Ton fils!
Un fils que Rome craint! qui peut venger son père!
Pourquoi répandre un sang qui m'est si nécessaire?
Ah! dans l'état funeste où ma chute m'a mis,
Est-ce que mon malheur m'a laissé trop d'amis?
Songeons plutôt, songeons à gagner sa tendresse :
J'ai besoin d'un vengeur, et non d'une maîtresse.
Quoi! ne vaut-il pas mieux, puisqu'il faut m'en priver,
La céder à ce fils que je veux conserver?
Cédons-la. Vains efforts, qui ne font que m'instruire
Des faiblesses d'un cœur qui cherche à se séduire!
Je brûle, je l'adore; et, loin de la bannir...
Ah! c'est un crime encor dont je la veux punir.
Quelle pitié retient mes sentiments timides?
N'en ai-je pas déjà puni de moins perfides?
O Monime! ô mon fils! Inutile courroux!
Et vous, heureux Romains, quel triomphe pour vous
Si vous saviez ma honte, et qu'un avis fidèle
De mes lâches combats vous portât la nouvelle!
Quoi! des plus chères mains craignant les trahisons,
J'ai pris soin de m'armer contre tous les poisons;
J'ai su, par une longue et pénible industrie,
Des plus mortels venins prévenir la furie :
Ah! qu'il eût mieux valu, plus sage et plus heureux,
Et repoussant les traits d'un amour dangereux,
Ne pas laisser remplir d'ardeurs empoisonnées
Un cœur déjà glacé par le froid des années!
De ce trouble fatal par où dois-je sortir?

SCÈNE VI.

MITHRIDATE, ARBATE.

ARBATE. Seigneur, tous vos soldats refusent de partir;
Pharnace les retient, Pharnace leur révèle
Que vous cherchez à Rome une guerre nouvelle.

MITHRIDATE. Pharnace?

ARBATE. Il a séduit ses gardes les premiers,
Et le seul nom de Rome étonne les plus fiers.
De mille affreux périls ils se forment l'image :
Les uns avec transport embrassent le rivage;
Les autres, qui partaient, s'élancent dans les flots,
Ou présentent leurs dards aux yeux des matelots.
Le désordre est partout; et, loin de nous entendre,
Ils demandent la paix, et parlent de se rendre.
Pharnace est à leur tête; et, flattant leurs souhaits,
De la part des Romains il leur promet la paix.

MITHRIDATE. Ah le traître! Courez : qu'on appelle son frère;
Qu'il me sauve, qu'il vienne au secours de son père.

ARBATE. J'ignore son dessein; mais un soudain transport
L'a déjà fait descendre et courir vers le port;
Et l'on dit que suivi d'un gros d'amis fidèles
On l'a vu se mêler au milieu des rebelles.
C'est tout ce que j'en sais.

MITHRIDATE. Ah! qu'est-ce que j'entends?
Perfides, ma vengeance a tardé trop longtemps!
Mais je ne vous crains point : malgré leur insolence,
Les mutins n'oseraient soutenir ma présence.
Je ne veux que les voir; je ne veux qu'à leurs yeux
Immoler de ma main deux fils audacieux.

SCÈNE VII.

MITHRIDATE, ARBATE, ARCAS.

ARCAS. Seigneur, tout est perdu. Les rebelles, Pharnace,
Les Romains, sont en foule autour de cette place.

MITHRIDATE. Les Romains!

ARCAS. De Romains le rivage est chargé,
Et bientôt dans ces murs vous êtes assiégé.

(A Arcas.)

MITHRIDATE. Ciel! courons. Ecoutez... Du malheur qui me presse
Tu ne jouiras pas, infidèle princesse.

ACTE CINQUIÈME.

SCÈNE I.

MONIME, PHOEDIME.

PHOEDIME. Madame, où courez-vous? Quels aveugles transports
Vous font tenter sur vous de criminels efforts?
Hé quoi! vous avez pu, trop cruelle à vous-même,
Faire un affreux lien d'un sacré diadème!

Ah ! ne voyez-vous pas que les dieux plus humains
Ont eux-mêmes rompu ce bandeau dans vos mains?
MONIME. Hé ! par quelle fureur, obstinée à me suivre,
Toi-même malgré moi veux-tu me faire vivre?
Xipharès ne vit plus; le roi désespéré
Lui-même n'attend plus qu'un trépas assuré :
Quel fruit te promets-tu de ta coupable audace?
Perfide, prétends-tu me livrer à Pharnace?
PHOEDIME. Ah ! du moins attendez qu'un fidèle rapport
De son malheureux frère ait confirmé la mort.
Dans la confusion que nous venons d'entendre,
Les yeux peuvent-ils pas aisément se méprendre?
D'abord, vous le savez, un bruit injurieux
Le rangeait du parti d'un camp séditieux;
Maintenant on vous dit que ces mêmes rebelles
Ont tourné contre lui leurs armes criminelles.
Jugez de l'un par l'autre, et daignez écouter...
MONIME. Xipharès ne vit plus, il n'en faut point douter :
L'événement n'a point démenti mon attente.
Quand je n'en aurais pas la nouvelle sanglante,
Il est mort; et j'en ai pour garants trop certains
Son courage et son nom trop suspects aux Romains.
Ah ! que d'un si beau sang dès longtemps altérée
Rome tient maintenant sa victoire assurée !
Quel ennemi son bras leur allait opposer!
Mais sur qui, malheureuse, oses-tu t'excuser?
Quoi ! tu ne veux pas voir que c'est toi qui l'opprimes,
Et dans tous ses malheurs reconnaître tes crimes?
De combien d'assassins l'avais-je enveloppé !
Comment à tant de coups serait-il échappé?
Il évitait en vain les Romains et son frère :
Ne le livrais-je pas aux fureurs de son père?
C'est moi qui, les rendant l'un de l'autre jaloux,
Vins allumer le feu qui les embrase tous :
Tison de la discorde, et fatale furie
Que le démon de Rome a formée et nourrie!
Et je vis! Et j'attends que de leur sang baigné
Pharnace des Romains revienne accompagné,
Qu'il étale à mes yeux sa parricide joie!
La mort au désespoir ouvre plus d'une voie :
Oui, cruelles, en vain vos injustes secours
Me ferment du tombeau les chemins les plus courts :
Je trouverai la mort jusque dans vos bras même.
Et toi, fatal tissu, malheureux diadème,
Instrument et témoin de toutes mes douleurs,
Bandeau, que mille fois j'ai trempé de mes pleurs,
Au moins, en terminant ma vie et mon supplice,
Ne pouvais-tu me rendre un funeste service?
A mes tristes regards, va, cesse de t'offrir;
D'autres armes sans toi sauront me secourir :
Et périsse le jour et la main meurtrière
Qui jadis sur mon front t'attacha la première!
PHOEDIME. On vient, madame, on vient; et j'espère qu'Arcas
Pour bannir vos frayeurs porte vers vous ses pas.

SCÈNE II.

MONIME, PHOEDIME, ARCAS.

MONIME. En est-ce fait, Arcas? et le cruel Pharnace...
ARCAS. Ne me demandez rien de tout ce qui se passe,
Madame : on m'a chargé d'un plus funeste emploi;
Et ce poison vous dit les volontés du roi.
PHOEDIME. Malheureuse princesse !
MONIME. Ah! quel comble de joie!
Donnez. Dites, Arcas, au roi qui me l'envoie,
Que de tous les présents que m'a faits sa bonté
Je reçois le plus cher et le plus souhaité.
A la fin je respire; et le ciel me délivre
Des secours importuns qui me forçaient de vivre.
Maîtresse de moi-même, il veut bien qu'une fois
Je puisse de mon sort disposer à mon choix.
PHOEDIME. Hélas!
MONIME. Retiens tes cris, et par d'indignes larmes
De cet heureux moment ne trouble point les charmes.
Si tu m'aimais, Phœdime, il fallait me pleurer
Quand d'un titre funeste on me vint honorer,
Et lorsque, m'arrachant du doux sein de la Grèce,
Dans ce climat barbare on traîna ta maîtresse.
Retourne maintenant chez ces peuples heureux;
Et si mon nom encor s'est conservé chez eux,
Dis-leur ce que tu vois, et de toute ma gloire,
Phœdime, conte-leur la malheureuse histoire.
Et toi, qui de ce cœur, dont tu fus adoré,
Par un jaloux destin fus toujours séparé,
Héros, avec qui même en terminant ma vie
Je n'ose en un tombeau demander d'être unie,
Reçois ce sacrifice; et puisse, en ce moment,
Ce poison expier le sang de mon amant!

SCÈNE III.

MONIME, ARBATE, PHOEDIME, ARCAS.

ARBATE. Arrêtez! arrêtez!
ARCAS. Que faites-vous, Arbate?
ARBATE. Arrêtez! j'accomplis l'ordre de Mithridate.
MONIME. Ah! laissez-moi....
ARBATE *jetant le poison.* Cessez, vous dis-je, et laissez-moi,
Madame, exécuter les volontés du roi :
Vivez. Et vous, Arcas, du succès de mon zèle
Courez à Mithridate apprendre la nouvelle.

SCÈNE IV.

MONIME, ARBATE, PHOEDIME.

MONIME. Ah! trop cruel Arbate, à quoi m'exposez-vous!
Est-ce qu'on croit encor mon supplice trop doux?
Et le roi, m'enviant une mort si soudaine,
Veut-il plus d'un trépas pour contenter sa haine?
ARBATE. Vous l'allez voir paraître; et j'ose m'assurer
Que vous-même avec moi vous allez le pleurer.
MONIME. Quoi! le roi...
ARBATE. Le roi touche à son heure dernière,
Madame, et ne voit plus qu'un reste de lumière.
Je l'ai laissé sanglant, porté par des soldats;
Et Xipharès en pleurs accompagne leurs pas.
MONIME. Xipharès! Ah grands dieux! je doute si je veille,
Et n'ose qu'en tremblant en croire mon oreille.
Xipharès vit encor! Xipharès, que mes pleurs...
ARBATE. Il vit, chargé de gloire, accablé de douleurs.
De sa mort en ces lieux la nouvelle semée
Ne vous a pas vous seule et sans cause alarmée;
Les Romains, qui partout l'appuyaient par des cris,
Ont par ce bruit fatal glacé tous les esprits.
Le roi, trompé lui-même, en a versé des larmes,
Et, désormais certain du malheur de ses armes,
Par un rebelle fils de toutes parts pressé,
Sans espoir de secours, tout près d'être forcé,
Et voyant, pour surcroît de douleur ou de haine,
Parmi ses étendards porter l'aigle romaine,
Il n'a plus aspiré qu'à s'ouvrir des chemins
Pour éviter l'affront de tomber dans leurs mains.
D'abord il a tenté les atteintes mortelles
Des poisons que lui-même a crus les plus fidèles;
Il les a tous trouvés sans force et sans vertu.
« Vain secours, a-t-il dit, que j'ai trop combattu!
» Contre tous les poisons soigneux de me défendre,
» J'ai perdu tout le fruit que j'en pouvais attendre.
» Essayons maintenant des secours plus certains,
» Et cherchons un trépas plus funeste aux Romains. »
Il parle; et défiant leurs nombreuses cohortes,
Du palais, à ces mots, il fait ouvrir les portes.
A l'aspect de ce front dont la noble fureur
Tant de fois dans leurs rangs répandit la terreur,
Vous les eussiez vus tous, retournant en arrière,
Laisser entre eux et nous une large carrière;
Et déjà quelques-uns couraient épouvantés
Jusque dans les vaisseaux qui les ont apportés.
Mais, le dirai-je? ô ciel! rassurés par Pharnace,
Et la honte en leurs cœurs réveillant leur audace,
Ils reprennent courage, ils attaquent le roi,
Qu'un reste de soldats défendait avec moi.
Qui pourrait exprimer par quels faits incroyables,
Quels coups accompagnés de regards effroyables,
Son bras, se signalant pour la dernière fois,
A de ce grand héros terminé les exploits?
Enfin, las et couvert de sang et de poussière,
Il s'était fait de morts une noble barrière.
Un autre bataillon s'est avancé vers nous :
Les Romains pour le joindre ont suspendu leurs coups.
Ils voulaient tous ensemble accabler Mithridate.
Mais lui : « C'en est assez, m'a-t-il dit, cher Arbate;
» Le sang et la fureur m'emportent trop avant.
» Ne livrons pas surtout Mithridate vivant. »
Aussitôt dans son sein il plonge son épée.
Mais la mort fuit encor sa grande âme trompée.
Ce héros dans mes bras est tombé tout sanglant,
Faible, et qui s'irritait contre un trépas si lent;
Et se plaignant à moi de ce reste de vie,
Il soulevait encor sa main appesantie,
Et, marquant à mon bras la place de son cœur,
Semblait d'un coup plus sûr implorer la faveur.
Tandis que, possédé de ma douleur extrême,
Je songe bien plutôt à me percer moi-même,

De grands cris ont soudain attiré mes regards;
J'ai vu, qui l'aurait cru? j'ai vu de toutes parts
Vaincus et renversés les Romains et Pharnace,
Fuyant vers leurs vaisseaux, abandonner la place;
Et le vainqueur, vers nous s'avançant de plus près,
A mes yeux éperdus a montré Xipharès.

MONIME. Juste ciel!

ARBATE. Xipharès toujours resté fidèle,
Et qu'au fort du combat une troupe rebelle,
Par ordre de son frère, avait enveloppé,
Mais qui, d'entre leurs bras à la fin échappé,
Forçant les plus mutins, et regagnant le reste,
Heureux et plein de joie en ce moment funeste,
A travers mille morts, ardent, victorieux,
S'était fait vers son père un chemin glorieux.

Monime.

Jugez de quelle horreur cette joie est suivie :
Son bras aux pieds du roi l'allait jeter sans vie;
Mais on court, on s'oppose à son emportement.
Le roi m'a regardé dans ce triste moment,
Et m'a dit d'une voix qu'il poussait avec peine :
« S'il en est temps encor, cours, et sauve la reine. »
Ces mots m'ont fait trembler pour vous, pour Xipharès :
J'ai craint, j'ai soupçonné quelques ordres secrets.
Tout lassé que j'étais, ma frayeur et mon zèle
M'ont donné pour courir une force nouvelle;
Et, malgré nos malheurs, je me tiens trop heureux
D'avoir paré le coup qui vous perdait tous deux.

MONIME. Ah! que, de tant d'horreurs justement étonnée,
Je plains de ce grand roi la triste destinée!
Hélas! et plût aux dieux qu'à son sort inhumain
Moi-même j'eusse pu ne point prêter la main,
Et que, simple témoin du malheur qui l'accable,
Je le pusse pleurer sans en être coupable!
Il vient. Quel nouveau trouble excite en mes esprits
Le sang du père, ô ciel! et les larmes du fils!

SCÈNE V.

MITHRIDATE, MONIME, XIPHARÈS, ARBATE, ARCAS, GARDES *qui soutiennent Mithridate.*

MONIME. Ah! que vois-je, seigneur, et quel sort est le vôtre!

MITHRIDATE. Cessez et retenez vos larmes l'un et l'autre;
(*Montrant Xipharès.*)
Mon sort de sa tendresse et de votre amitié
Veut d'autres sentiments que ceux de la pitié;
Et ma gloire, plutôt digne d'être admirée,
Ne doit point par des pleurs être déshonorée.
J'ai vengé l'univers autant que je l'ai pu :
La mort dans ce projet m'a seule interrompu.
Ennemi des Romains et de la tyrannie,
Je n'ai point de leur joug subi l'ignominie;
Et j'ose me flatter qu'entre les noms fameux
Qu'une pareille haine a signalés contre eux,
Nul ne leur a plus fait acheter la victoire,
Ni de jours malheureux plus rempli leur histoire.
Le ciel n'a pas voulu qu'achevant mon dessein
Rome en cendre me vit expirer dans son sein :
Mais au moins quelque joie en mourant me console;
J'expire environné d'ennemis que j'immole :
Dans leur sang odieux j'ai pu tremper mes mains;
Et mes derniers regards ont vu fuir les Romains.
A mon fils Xipharès je dois cette fortune;
Il épargne à ma mort leur présence importune.
Que ne puis-je payer ce service important
De tout ce que mon trône eut de plus éclatant!
Mais vous me tenez lieu d'empire, de couronne;
Vous seule me restez : souffrez que je vous donne,
Madame; et tous ces vœux que j'exigeais de vous,
Mon cœur pour Xipharès vous les demande tous.

MONIME. Vivez, seigneur, vivez pour le bonheur du monde
Et pour sa liberté qui sur vous seul se fonde,
Vivez pour triompher d'un ennemi vaincu,
Pour venger...

MITHRIDATE. C'en est fait, madame, et j'ai vécu.
Mon fils, songez à vous : gardez-vous de prétendre
Que de tant d'ennemis vous puissiez vous défendre.
Bientôt tous les Romains, de leur honte irrités,
Viendront ici sur vous fondre de tous côtés.
Ne perdez point le temps que vous laisse leur fuite
A rendre à mon tombeau des soins dont je vous quitte :
Tant de Romains sans vie, en cent lieux dispersés,
Suffisent à ma cendre et l'honorent assez.
Cachez-leur pour un temps vos noms et votre vie.
Allez, réservez-vous...

XIPHARÈS. Moi, seigneur, que je fuie?
Que Pharnace impuni, les Romains triomphants,
N'éprouvent pas bientôt...

MONIME. ....et puisse, en ce moment,
Ce poison expier le sang de mon amant. (Act. V, sc. II.)

MITHRIDATE. Non, je vous le défends.
Tôt ou tard il faudra que Pharnace périsse :
Fiez-vous aux Romains du soin de son supplice.
Mais je sens affaiblir ma force et mes esprits.
Je sens que je me meurs... Approchez-vous, mon fils;
Dans cet embrassement dont la douceur me flatte,
Venez, et recevez l'âme de Mithridate.

MONIME. Il expire.

XIPHARÈS. Ah madame! unissons nos douleurs,
Et par tout l'univers cherchons-lui des vengeurs.

FIN DE MITHRIDATE.

Paris. — Typographie Plon frères, rue de Vaugirard, 36.

www.ingramcontent.com/pod-product-compliance
Lightning Source LLC
LaVergne TN
LVHW010221230826
846091LV00008BB/3619